ハヤカワ文庫JA

〈JA1536〉

グイン・サーガ⑱

トーラスの炎

五代ゆう

天狼プロダクション監修

JN110241

早川書房

8879

TORUS TORCHED

by

Yu Godai

under the supervision

of

Tenro Production

2022

カバーイラスト／丹野 忍

目次

本書は書き下ろし作品です。

坊や　静かにおねむりよ
ねんねした子にゃ　ヴァシャの実あげよ
父さん母さん　坊やを抱いて
ねんねんころりと　夢のなか

坊や　静かにおねむりよ
寝ない悪い子　ケス河のむこう
砂のおばけが　さらいにきます
だから静かに　ねんねんよ

——トーラスの子守歌

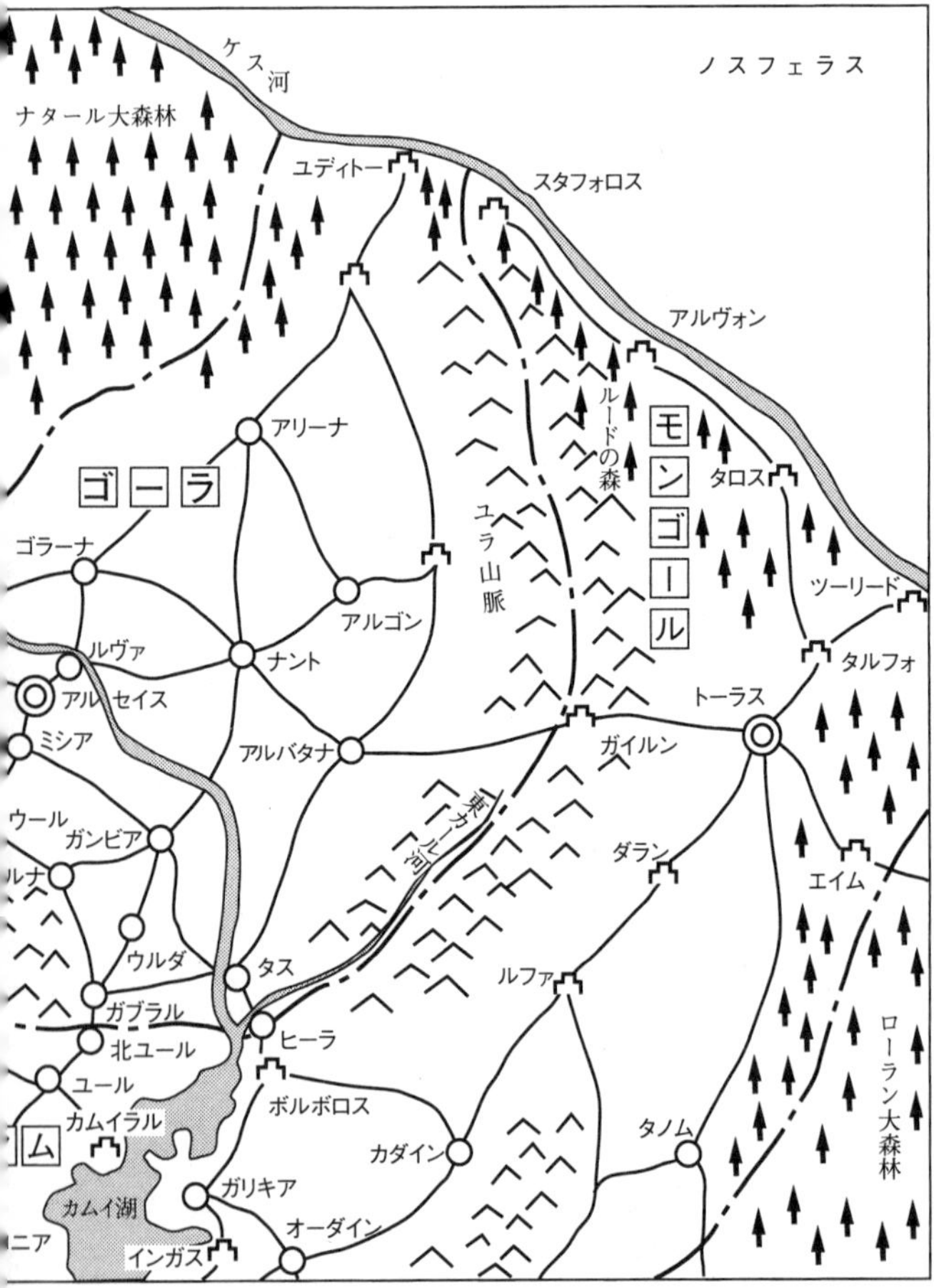

ケス河
ノスフェラス
ナタール大森林
ユディトー
スタフォロス
アルヴォン
ルードの森
モンゴール
タロス
ツーリード
タルフォ
トーラス
ユラ山脈
ゴーラ
アリーナ
ゴラーナ
アルゴン
ナント
ルヴァ
アルセイス
ミシア
アルバタナ
ガイルン
東カール河
ウール
ガンビア
ルナ
ダラン
エイム
ウルダ
タス
ガブラル
ヒーラ
ルファ
北ユール
ユール
ボルボロス
カムイラル
ム
カダイン
タノム
ローラン大森林
ガリキア
カムイ湖
オーダイン
ニア
インガス

〔中原拡大図〕

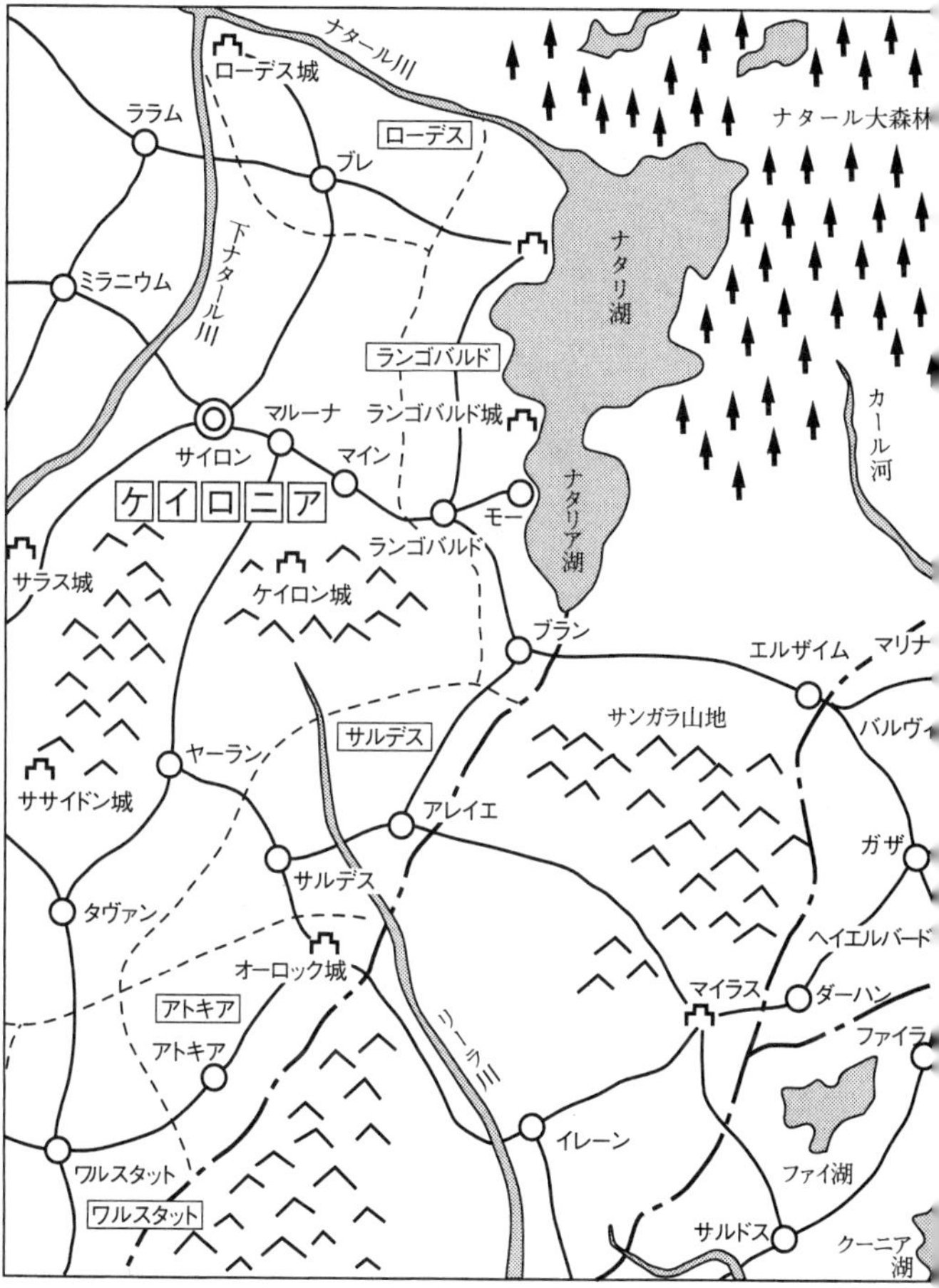

ナタール川
ローデス城
ララム
ローデス
ナタール大森林
ブレ
ナタリ湖
下ナタール川
ミラニウム
ランゴバルド
カール河
マルーナ
ランゴバルド城
サイロン
マイン
ケイロニア
モー
ナタリア湖
ランゴバルド
サラス城
ケイロン城
ブラン
エルザイム
マリナ
サンガラ山地
サルデス
バルヴィ
ヤーラン
ササイドン城
アレイエ
ガザ
サルデス
タヴァン
ヘイエルバード
オーロック城
マイラス
ダーハン
アトキア
ファイラ
アトキア
リーラ川
イレーン
ワルスタット
ファイ湖
ワルスタット
サルドス
クーニア湖

〔中原周辺図〕

ナタール川
ヴァーラス湖沼地帯
ノスフェラス
ナタール大森林
ギーラ湖
ケス河
ナタリ湖
ユラニア
サイロン
トーラス
ケイロニア
ノルン海
アルセイス
ゴーラ
ロス
モンゴール
クム
リーラ川
カムイ湖
タリア
タリア
ワルド山脈
中原
ルーアン
イーラ湖
クリスタル
オロイ湖
アルムト
パロ
アルーンの森
カラヴィア
サルジナ
ダル湖
ダネイン大湿原
ドラス連山
ハイランド高地
ルート
ウル山脈
カムリ岬
ラトナレン山脈
ウィレン山脈
アグラーヤ
サーリスベリ
ランガート
アルート高原
カウロス
獅子原
ライゴール
レンティア
草原地方
トルース
トラキア自治領
リャガ
ヤガ
イフリキア
マハール
トルフィヤ
ヴァラキア
アルゴス
沿海州
アルカンド
アルゴ河
レント海

トーラスの炎

登場人物

グイン……………………………………ケイロニア王
ハゾス……………………………………ケイロニアの宰相
アウロラ…………………………………沿海州レンティアの王女
アウルス・アラン………………………アンテーヌ子爵
ハラス……………………………………元モンゴール騎士
アリオン…………………………………元モンゴール黒騎士団司令官
アリサ・フェルドリック………………元モンゴール白騎士隊隊長の娘
ゴダロ……………………………………〈煙とパイプ亭〉主人
オリー……………………………………ゴダロの妻
ダン………………………………………ゴダロの息子
スカール…………………………………アルゴスの黒太子
フロリー…………………………………アムネリスの元侍女
スーティ…………………………………フロリーの息子
ブラン……………………………………ドライドン騎士団副団長
ファビアン………………………………ドライドン騎士団の新入り隊員
ボルゴ・ヴァレン………………………アグラーヤ王。アルミナの父
アンダヌス………………………………ライゴールの商人
カル・ハン………………………………魔道師
リー・ムー………………………………ゴーラ軍将軍
ヤン・イン………………………………ゴーラ軍将軍
ウー・リー………………………………ゴーラ軍将軍
イシュトヴァーン………………………ゴーラ王

第一話　黒い炎

1

薄曇りの午後だった。引き伸ばした綿のような雲が空を覆い、肌寒い風が木々の梢を揺らしている。国境近くのユノの町は、クリスタルを襲った災厄の噂に首をすくめながらも、その日一日のなりわいに精を出していた。荷物を積んだ馬車が軋《きし》みながら行き来し、道ばたではむしろがけした屋台に座った物売りがクムから運ばれてくる干し魚をすだれのように縄で縛ってぶら下げていたり、またそれを焼いてむしって、薄焼きにしたガティで巻いて木の葉の皿にのせて売っていたりする。

ここにもクリスタルから逃げてきた避難民はいて、彼らが売りに出したらしい国境の町にはふさわしくないような垢抜けた衣類や装身具が、古物屋の表にかかっている。首都が異様な災厄によって壊滅に陥ったという話は町の人々をおびえさせ、どことなくとげとげしい空気を作り出していた。

「クリスタルはすっかり無人になっちまったらしいじゃないか」

「二本足で立ったトカゲみたいな怪物が暴れ回ったとか……」

「女王さまもお城の中でどうなったかわからないとか」

「なんてこった。こんな時に、よりにもよってゴーラの兵隊が——」

そこまできて、しいっ、と制する者が出て静まりかえるのが話の常だった。数か月前、一千人の供回りをつれてとつぜん国境を越えてきたゴーラ王イシュトヴァーンは、国内に入るに当たってそのほとんどをこのユノに置いていった。町内でいちばん大きな宿屋である本陣に本部を置き、残った兵士はそのまま町内に分宿させている。

首都が崩壊したとの知らせを受けて町民がまず心配したのは、この騒ぎに乗じてゴーラ軍が活動をはじめ、国を乗っ取りにかかるのではないかということだった。一千騎に満たない数では全土を制圧することはとうてい不可能だろうが、ユノ一つを蹂躙《じゅうりん》し、略奪と虐殺にかけるには十分な数だ。ゴーラがもとはモンゴール、黒竜戦役で奇襲によってパロを制圧した国を含んでいることを忘れる国民はいない。ましてやその王は、流血王とその名も高い風雲児イシュトヴァーンである。クリスタルを襲ったトカゲの怪物というのも、ゴーラの兵が襲ってきたのが間違って伝わってきたのではないかという声さえあった。

もっとも、ユノに逗留し始めてからのゴーラ軍はおとなしくしている。市場や酒場でもさわぎを起こすことなく、よく命令に従ってきちんと金を払い、差し出される食物や酒を文句もいわず飲み食いしているだけで、はじめ心配されたような強奪や強姦はきつくいましめられているのか、一度も起こったことはなかった。それでも、ゴーラ軍のごついよろいかぶとが街中を行き来するのを見る人々は、そっと首をすくめ、ほとんどなんの様子も聞こえてこないクリスタルからの情報にやきもきしながら、この敵とも味方ともつかない軍隊を町内にかかえ込んでいるしかなかった。

そして、クリスタルからの情報が聞こえてこないことに苛立っているのはゴーラ軍も同じであった。身の回りのものだけ連れて、クリスタルに潜入しに行ってしまったイシュトヴァーンは、竜頭兵の騒ぎがあって以来、「そのままユノに留まっていろ」との命令を届け、その後、「何人であってもクリスタルには近づかせるな」との命令を伝えてはきたが、その後はなんの連絡もない。その間に宰相カメロンが駆けつけてきてむりやりクリスタルにむかっていったが、そこで何があったのか、カメロンはイシュトヴァーンによって殺され、なきがらを守ってドライドン騎士団が離脱していってしまった。あれだけ信頼あついと見えていたカメロン宰相が手打ちにされたということもゴーラ軍内に衝撃を走らせたが、難儀だったのは、事の真偽を質すためにクリスタルへと使者を走らせても、イシュトヴァーンを捕まえることはできず、彼はクリスタル・パレスに引きこもったまま結界にはばまれて連絡を取ることすらできないということだった。

そうこうするうちにゴーラ本国からは、王のひとり息子であるドリアン王子が何者かの手によって拉致されたという報せがとどけられた。これもまた大変事としてイシュトヴァーンに知らせようとしても、やはり結界に阻まれてクリスタル・パレスに入ることができず、イシュトヴァーンに連絡がつかない。ユノ駐留隊の進退を伺う使者を出しても、むなしく帰って来るばかりだ。世継ぎの王子の失踪という大事件が起こっても、イシュトヴァーン王に知らせることができない異常事態に、軍の上層部はほとほと弱り切っていた。

もともとゴーラ軍は若い。軍の上層部といっても二十代前半のものがほとんどである。イシュトヴァーンのカリスマに惹かれてついてきてはいるものの、いざ問題が起こると自分ではどうしていいかわからず、じりじりしているばかりで身動きがとれない。イシュトヴァーンの存在こそがゴーラ軍であり、イシュトヴァーンを欠いたゴーラ軍は心臓を欠いた狼のようなものである。宰相の死と王子の失踪という大きな事件をかかえながら、身動きもできず異国の町に留められていることについては、抑えられてはいながらも兵の間にはじわじわと不安が広がっていた――

一頭の馬が街道をまっしぐらに駆けてきた。ひとりの男が騎乗していた。

蒼白い顔を引きつらせ、黒い長い髪を尾のように長く後ろになびかせたその男は、ユノの町の本通りをまっしぐらに駆けぬけると、本陣宿に嵐のように馳せつけた。見張りに立っていたゴーラ兵は、駆けてくる男に一瞬槍を取りなおして誰何《すいか》しかけたが、その顔を見て取るとあっといって思わず前へ進み出た。

「イ――イシュトヴァーン陛下！　いつパロからお戻りに？」

「うるせえ」

吐き捨てて、馬上の男――イシュトヴァーンはひらりと馬から飛びおりた。浅黒い顔はげっそりとこけて、黒い瞳だけが熱を帯びたようにぎらぎらと輝いている。

「ヤン・インを呼べ。ウー・リーとリー・ムーもだ。すぐユノを出る。兵を集めて、荷物をまとめさせろ。イシュタールへ戻るぞ。ヤン・インにすぐここへ来るように言え。一刻を争うんだ」

「は、はい……」

命じられて兵士は迷ったようにおろおろしていたが、やがて思いきったように、

「陛下、陛下は、ドリアン王子殿下が何者かに攫《さら》われたことをご存じで……？」

イシュトヴァーンはじろりと兵士を見た。兵士は震え上がった。それは見られたものを焼き尽くす、黒い炎のような狂おしい瞳だった。「申しわけございません！」と悲鳴のように言うと、兵士は言われたことをするために駆け出していった。

イシュトヴァーンは口のはたに泡を浮かせている馬の首をうわの空で撫でながら、じっと虚空に目を据えていた。この一か月ほどでひどく痩せ、頬骨がとがった顔に引きつ

れた傷が目立った。

（ドリアンのがきが攫われただと……）

機械的に手を動かしながら、イシュトヴァーンは考えていた。

（攫われた……そりゃあそうだろうよ……なんぼなんでもまだ自分でなんだかんだ悪巧みするにゃああいつはちびすぎる……だが、アムネリスをかついだ奴ら……モンゴールの再興をかかげる奴らが……）

腹の底から溶岩のようなものがあがってきて、イシュトヴァーンは激しく地面を蹴りつけた。

（畜生め！　あのアム公のやつはどこまでたたりやがるんだ？　あのくそ餓鬼がいるおかげで、俺は踏んだり蹴ったりじゃねえか。気持ち悪い、虫みてえなものをお子様ですよなんておしつけられたあげくに、そいつのせいでまだなんやかんや、言われなきゃならねえなんて）

（カメロン——あんただったら……いや、駄目だ。考えるな。カメロンのことを考えちゃならねえ。あれは俺が悪いんじゃねえ。俺が悪かったんじゃねえんだ。ありゃあ事故だったんだ。俺がやろうと思ってやったんじゃねえ……）

「陛下！」

ヤン・インとウー・リーが本陣の中からあわてて現れた。礼をとるのもあわただしく、

膝をつく二人に、イシュトヴァーンは、

「ユノを発つ用意をしろ。分宿してる兵隊どもに触れをまわせ。すぐイシュタールに戻る」

「それは……ドリアン陛下のことでございますか」

恐る恐るといった様子でヤン・インが訊くのに、じろりとイシュトヴァーンは視線をやって、

「そうだ。というか、それに関することだ」

「クリスタルでは何が起こっていたのですか、陛下。人々の噂では、陛下が魔道師と組んでクリスタルをトカゲの化け物に蹂躙させたということになっております。そんなこと、あるはずがございませんよね、陛下。カメロン閣下をお斬りになったのだって、きっとわけが――」

「やかましい」

イシュトヴァーンの大喝に、二人は飛びあがった。

「お前らはガタガタ言わず、俺の言うことに従ってりゃいいんだ。分宿に使者を出せ。ふれをまわせ。二日後には出発できるよう、準備させるんだ。早くしろ」

ヤン・インとウー・リーが這々《ほうほう》の体で引き上げていったのち、案内されて本陣に入ったイシュトヴァーンは、用意された部屋に入ると椅子に身体を投げだし、雷雲の漂う眉《び》

宇《う》をひそめたままじっと中空に目を据えていた。小姓がおそるおそる入ってきて何か飲み物の申しつけを訊いたときもそのままでいた。「酒を……」と反射的に言いかけて、ハッと口をつぐんだ。しかし、すぐに意地になったように唇を引きしめ、「酒を持ってこい」ときつい口調で命じた。

「火酒だ。壺で持ってこい。今すぐだ」

「は、はい、ただいま」

小姓が姿を消すと、イシュトヴァーンは重いため息をついて両手で目を覆った。まぶたの裏の暗闇に、血で濡れ、青ざめたカメロンの顔が映っていた。

(かわいそうに、イシュトヴァーン——)

(お前、かわいそうに——可哀相に、なあ、イシュトヴァーン、可哀相に)

「うるせえ」

イシュトヴァーンはひくく呟いた。

「俺は可哀相なんかじゃねえ。俺は悪くねえ。なんもかんも、アムネリスや、あのくそ餓鬼が悪いんだ。俺は一生懸命やってるんだ。そんな風に哀れまれるいわれなんかねえ」

だがその言葉尻は力なくかすれ、まばたいた黒い瞳には拭いがたいかげりがあった。

小姓が戻ってきて手もとに火酒の壺と杯を置いていくと、何かを振りはらうように壺を取りあげて注ぎ、一気にあおった。

ユノのゴーラ軍は火のついたような騒ぎになった。軍装をまとめ、食料と水を積み込み、馬具をつける兵士で町中が沸きかえった。町の人々は、とつぜん動き出したゴーラ軍に警戒し、家に引っこんで扉を閉めて鍵をかけ、表通りを歩く人々はぐっと少なくなった。軍と取引する店の人々は仕方なく店を開けていたが、急に激しく活動しだしたゴーラ軍に、今度こそ侵略にかかるのではないかと戦々恐々としていた。兵士たちの話からユノを離れるということを聞いても信用できず、出ていったと見せかけて、そのまま馬首を返して襲いかかってくるつもりではないかと疑った。

しかし町の者の疑いはあたらず、あわただしく準備を整えたゴーラ軍は、二日後にはユノを発っていった。胸をなで下ろした人々は、しかし、イシュタールに帰還したゴーラ軍がふたたび大軍を率いて襲ってくる予想におびえた。クリスタルは壊滅し、守ってくれるのはわずかな国境警備兵しかいない。ゴーラ軍が出ていった後もしばらく、ユノの町は見回りを厳しくし、守護兵と民兵との二つがそれぞれにゴーラ兵の影について監視を強めて警戒怠りなかった。

しかしながらゴーラ軍はそんなユノの心配など気にも留めずに進んでいった。いかにわずか一千の兵とはいえクム領内を通行することは危険にすぎるため、自由国境地帯を

北上してリーラ川をこえ、イレーンからマイラス砦へ、そしてダーハンへとたどってい
く。
　ほとんど足は止めなかった。野営も必要最低限の時間しかとらず、馬をつぶさない程
度の最小限の休憩をはさむだけで、先へ先へと道を急ぐ。
　ヤン・インやリー・ムーは、この急行ぶりがドリアン王子誘拐の報のためだと考えて
いた。イシュトヴァーン自身は決してそうだとも違うともいわず、一日口を引きむすん
で馬を駆るばかりだったのだが、「やっぱりイシュトヴァーンさまだって人の親だわ
な」というのが、兵たちの間でもっぱら交わされる会話になっていた。
「なんぼかわいくないお子だとは言っても、わが子だからなあ。それが誘拐されたとあ
っちゃ、じっとしていられんだろ」
「世継ぎの王子様が攫われたってんだもんなあ。国のためにもえらいこった。早いとこ
国もとへ帰って、王子様捜しの先頭に立とうってんだろうさ」
「王子様をたてにとって、モンゴールの奴らにでも暴れられたらえらいこったしな」
「それにしてもクリスタルがあんなことになっちまって、イシュトヴァーン陛下はどう
なさるおつもりなのかね。リンダ女王に結婚を申し込むような騒ぎじゃないだろ」
「俺はてっきりそのままクリスタルを押さえてパロを併合なさるおつもりじゃないのか
と思ってたがね。長いことクリスタル・パレスにこもってらっしゃったし」

「だけどカメロン閣下を斬られたのはどういう話の運びだったんだろうな。俺にゃそこが皆目わからねえよ。陛下とカメロンさまは親子だって話じゃなかったのかい」

「さあ、俺もそこんとこはわからねえが……」

猛然と速度をあげてイシュタールへ急行する一行は、ダーハンからますます速度を上げ、ララム、ガザと通過しながらラウールまで来たとき、イシュタールからの急使が、出立しようとしていたイシュトヴァーンのもとに現れた。

「イシュトヴァーン陛下に申しあげます」

ヤン・インとリー・ムーを従えて本陣の部屋で腰掛けているイシュトヴァーンに、急使は平伏した。

「モンゴールの反乱軍がトーラスを占領いたしました」

イシュトヴァーンの傷のある側の頬がかすかにひきつった。急使は続けて、

「反乱軍は推定三万。トーラス駐留軍を打ち破り、金蠍宮に入って、モンゴールの独立と……その――」

「どうした」

言いよどんだ急使に対して、イシュトヴァーンはぶっきらぼうに先をうながした。

「もごもご言ってんじゃねえ。モンゴールの奴らがトーラスを占拠したか。それからどうした」

「は、その……奴らは……誘拐されたドリアン王子殿下を擁しており……その」

　思いきったように急使は言い切った。

「ゴーラ王イシュトヴァーン陛下の王権を否定し……ドリアンさまを新ゴーラ王として推し、イシュトヴァーン陛下を拒否しております。国内にゴーラ王の王権はアムネリスさまのお血を引くドリアン様にありと唱えるビラを撒き、イシュトヴァーン陛下の過去を言い立てて、人民の決起をあおり立てております」

　そこまで言って、急使は今にもイシュトヴァーンの憤怒が激発すると思っているかのように首をすくめて平伏した。こんな時ならば、イシュトヴァーンは怒りを爆発させて怒鳴り散らすのが常だったからだ。ヤン・インとリー・ムーもかたずをのんで主の反応を待った。だがイシュトヴァーンの返事は、

「……そうか」

　という短いものだった。

「そうか。わかった。とにかく俺はイシュタールに急いで戻る。俺が戻ってきてることはイシュタールに届いてるんだろう」

「そ、それはもう、はい」

「よし。俺がイシュタールに帰りつきしだい、追討の兵を出す。お前は戻って、イリス騎士団とイラナ騎士団に出撃準備をさせるよう言っとけ。俺自身が率いて出る、そう言

ってな。わかったか。わかったら、さっさと行け」

「は、はい」

急使はずり下がるようにイシュトヴァーンの前を辞し、飛び立つように姿を消した。

「陛下。モンゴールの奴らが、ドリアン様を攫ったってことですか」

「トーラスへ攻め込むんですか」

ヤン・インとリー・ムーが勢い込んで問いかける。それにもイシュトヴァーンは乗らなかった。じっと指を組み合わせた上にあごをのせ、考えるようにまぶたを伏せている。

（あの人の言ってたとおりだ）

その唇から、ほとんど聞こえないほどの呟きが漏れた。

（あの人の言ってたとおりだ。トーラス――ドリアン――俺をこけにしやがる奴らがのうのうとしやがって）

「え、何です？」

ヤン・インが聞きとがめて問い返した。

「なにか、おっしゃいましたか、陛下？」

イシュトヴァーンはじろりとヤン・インを見つめ、その視線の中に危険な何かを見たヤン・インは息を呑んで口を閉じた。

「もういい。お前らも下がれ。俺はちょっと一人になりたい」

ヤン・インもリー・ムーも急いでそれに従った。カメロンを殺して以来、あのカメロンでさえ機嫌をそこねたら刀のさびにされたのだとうわさが立って、イシュトヴァーンに対して刺激するような口をきくような者は一人としていなかったのである。小姓に酒を運ばせて、強い火酒を水のように飲み干しながら、イシュトヴァーンはしだいに暗くなってゆく部屋の中で昏い目を光らせていた。

一日のちにイシュトヴァーンはイシュタールに入った。大規模な迎えの儀典もなく、ただ街中を素通りしてイシュトヴァーン・パレスに入っただけだったが、それだけでも、市中がざわついているのはわかった。

イシュタールの人々にとってはイシュトヴァーンはあいかわらず人気の高い統治者だったが、その統治者がなんのためかわからず、これも人気の高かった宰相のカメロンを手討ちにしたことはもううわさが広がっていた。あくまでイシュトヴァーンびいきの者は、カメロンになにか不埒の振る舞いがあったに違いないと主張したが、それほどでもない者は、イシュトヴァーン王が常のかんしゃくと憤怒を激発させたあげく、カメロンを手にかけたに違いないと言い張った——戦場でのイシュトヴァーンの戦神ぶり、流血に酔ってわれを忘れる性行はすでに知られていたのである。

そこへ持ってきてのトーラスの反乱だった。イシュタールの人々はトーラスなどという田舎にはほとんど興味を持っていなかったが、そこで現在の王位継承者であるドリアン王子が王座に押し上げられ、父王の王権を否認する道具に使われているということはおそろしいことだった。人々は苛烈なイシュトヴァーンが、息子を人質にとられた格好のこの反乱軍にどう反応するのか、注視していた。

カメロンが死んで以来、まとめる者がいなくなって政府は混乱の極みにあった。イシュトヴァーンの不在も輪をかけて、そこへ飛び込んできた反乱の勃発の報は、カメロンがいなくなってとりまとめる者もなくなったゴーラの宮廷をすっかりひっくりかえしてしまった。

カメロンの後を継いで、なんらかの動きをとれる後継者なりが育っていればよかったかもしれない。だがこれまで、ゴーラの施政は完全にカメロンの手腕に頼りきりで、補佐する者はいてもとうていカメロンと同じように案件をさばいたりできる者はいなかった。最低限の体制は旧ユラニアから引き継いだものだから動いてはいたが、いざ何かを決定しよう、ということになると、誰も音頭を取る者がいなかったのである。

イシュトヴァーンが帰ってきても、混乱はいっこうに収まるものではなかった。イシュトヴァーンはイシュタールのことに関してはまめに内政も行ってきてはいたが、やはりそこにはカメロンの存在が大きかった。そのカメロン不在の上に、トーラスの反乱で頭に血が上っているイシュトヴァーンは都を空けていたあいだにたまりにたまった仕事を顧みもせず、反乱軍に一撃を加えることにはやりにはやっていて、とうてい政治のことなど耳に入れるものではなかったのである。

もし、カメロンが生きていたら——もしくは、マルコがそばにいれば、まだイシュトヴァーンを説得して手綱をひかえさせ、トーラス軍とのあいだに交渉の端を開くことを考えぬでもなかったかもしれない。

だが、イシュトヴァーンはひとりだった。彼のそばには、もはや誰もいなくなってしまった。カメロンは死に、マルコは去り、彼が心を開いて相談できるような相手はもうひとりもいない。彼は自分ひとり、たったひとりで、物事にむかってゆかねばならぬのだった。

それは、恐ろしいことだった。本質的には寂しがりで、人に甘えることを求めてやまず、人に去られることにことのほか敏感なイシュトヴァーンにとって、これまで空気のようにそばにいてくれた二人を一度に失うことは、彼自身が思っていた以上に大きな痛手だった。

パロのクリスタル・パレスの奥で涙に暮れているときも、実は彼は、悲しみや自責の思いからではなく、自己憐憫《れんびん》の思いにかられていた部分が大きかった。誰からも見捨てられ、一人きりで、うち捨てられてしまったという思いが余計に彼の胸を深く傷つけ、涙に沈ませていたのだったが、そこにもたらされたモンゴールの反乱の報せは彼を自己憐憫の沼から蹴り出したとはいえ、さらなる怒りをかき立てることになった。

(冗談じゃねえ……俺の——俺のゴーラまで、俺を放っていこうとするのか)

(息子だなんて思ったこともねえが……仮にも俺のガキが、姑息な奴らに担がれて、俺を裏切ろうってのか)

(許さねえ……俺を裏切るやつは)

(俺を裏切るやつ、俺に反抗するやつ、俺に背を向けるやつ……みんなみんな、勘弁ならねえ。俺を裏切る奴らは、みんな、刀のさびにしてやらなくっちゃ気が済まねえ……)

イシュトヴァーンにとっては、トーラスの反乱は、旧モンゴールの徒の反乱ということを越えて、まるでゴーラそのものが自分に牙をむいてきたような、そんな気分にさせられるものだった。

過去には面倒くさい、トーラスを焼き払って……などという、恐ろしい考えをもてあそんだことのあるイシュトヴァーンである。このたびのトーラス攻めに、何のためらいも苦悩もあろうはずがなかった。人質にとられているわが息子——それが、入れ替えられた替え玉であることをむろんイシュトヴァーンが知るよしはなかったが——それすら、ほとんどイシュトヴァーンの念頭には浮かばなかった。もともと、愛したことのない子である。アムネリスの不快な思い出はまつわっていても、息子として心の内に入れたことなど一度もない。

（たとえガキだろうが容赦はしねえ……この俺のゴーラを横から奪い取ろうとしやがったからには、どうするか見ていやがれ）

2

イシュトヴァーン・パレスに入るが早いか、軍議が招集された。イシュトヴァーンはせめて半日でも休養をという声に耳も貸さず、軍の主立った顔ぶれを呼び集めた。顔をそろえたのはイリス騎士団団長スー・リン、イラナ騎士団団長リー・ルンに、旗本隊たるルアー騎士団の副長ヤン・イン、イシュトヴァーン親衛隊隊長のウー・リーなどの顔ぶれだった。だがそこにこれまでなら当然いるはずだったカメロンの姿はない。人々はなんとなく落ちつかずざわざわとし、イシュトヴァーンの鋭い目に映りたくないかのように視線をそらしていた。

「トーラス反乱軍は、金蠍宮にその総本部を置き、旧モンゴール所属の騎士を中心にした部隊でトーラスを固めると同時に、ガイルン砦に一万の兵を置き、イシュタールからの派兵に備えております」

スー・リンが斥候の報告を言上した。

「さらにトーラス近郊の森林地帯に兵を伏せて、ゴーラ軍が攻め寄せてきた場合の対策をとっているようでございます。その数は旧モンゴール軍が三万、傭兵や義勇兵などで構成された混成軍が一万といったところで、すでにトーラスの住民の半数は逃げだし、残る半数は、からだの動かない老人や乳飲み子をかかえた女子供など、出ていこうにも自由のきかない人々ばかりであるようです」

イシュトヴァーンは椅子の肘掛けにひじをついて頭をあずけ、ぶすっとした顔で報告を聞いている。片手には酒の入った杯を離さない。スー・リンは続けて、

「トーラス軍はまた、さかんに各国に文書を送ってイシュトヴァーン王の残虐非道を鳴らし、モンゴール大公家の正統の血筋であるドリアン王子をいかに粗略に扱ったかを主張しております。こちらがその写しになります」

差し出されたビラをイシュトヴァーンは手に取って眺めた。昏い瞳に一瞬稲妻のような光が走ったが、なにも言わずに黙って読み下している。

「彼らは非道の王のふるまいに情熱もだしがたく、幼い王子をかかげて決起した人々であると称しております。流血無残の王イシュトヴァーンは一国の王としてふさわしい器ではなく、この残虐の圧制者を逐《お》うために、立ちあがった彼らはモンゴールのためのみならず、ゴーラ全体のためを考えるものであるといいそえてございます……あの、これは、反乱軍のものどもの言い草であって、私自身の考えではございませんが」

「わかってる」

うなるようにイシュトヴァーンは応じた。

「先を続けろ。それできゃつらは今どうしてやがるんだ」

「現在のところはトーラスに閉じこもり、反対勢力の集合を待っているようであります。ドリアン殿下を手中にすることで、こちら側の攻撃を封じたと考えているようです。現在、カダイン、オーダインからさらに北上してくる軍がいるとのうわさもあり、確認をとっているところです」

「トーラスに籠城する気か。そらそうだろうなあ。俺のゴーラ騎士団とまっこうからやりあえる力なんざ、寄せ集めの軍にあるわけねえもんなあ」

イシュトヴァーンは悽愴な笑みを浮かべた。

「ドリアンを人質にとったからって安心してやがるのか。そんなもん、へでもねえってことを教えてやらあ。ガキなんざいつでも、なんぼでも作れるんだよ、俺はまだ若いんだからな。だいたい、モンゴール大公家の血を引いてるドリアンになんかあったら、困るのはやつらじゃねえか。まったく身の程を知らねえ阿呆どもだぜ」

「は、それは、その通りで……」

「イリス騎士団とイラナ騎士団を出す」

とイシュトヴァーンは宣言した。

「イリス騎士団一万五千、イラナ騎士団一万、俺の旗本隊が五千。三万でいく。どうせ寄せ集めの兵隊なんざ一万でも十分なくらいだろうが、徹底的にやってやらなくちゃ気が済まねえ。おい、ウー・リー、ヤン・イン、下のやつらにご苦労だがまた遠征だと伝えとけ。今度はたっぷり戦をさせてやるとな。パロ行きじゃさぞかし退屈だっただろうが、今度はうんと腕をふるわせてやるぞって言っとけ」

「り、了解です」

「承知しました！」

ウー・リーとヤン・インは声をそろえた。イシュトヴァーンは満足げに手にしていた杯をかたむけた。

「お言葉ですが、陛下、王子殿下のおられる敵方に、それほど性急に攻めかかってよいものでしょうか」

イラナ騎士団団長リー・ルンが、おそるおそるといった様子で口をはさんだ。

「なんといってもドリアン殿下は陛下のお子、それに剣を向けることはわれわれゴーラ兵一同、いささかのためらいを持たぬわけには……ヒッ」

いきなり顔面に杯を叩きつけられてリー・ルンはひっくりかえった。イシュトヴァーンの顔は引きゆがみ、目は恐ろしい瞋恚《しんに》の色にどろどろと燃えていた。

「うるせえ」

食いしばった歯のあいだからイシュトヴァーンは言った。

「この俺の言うことにはむかうんじゃねえ。ぶち殺されてえのか。俺は——俺は——てめえらごときに指図されるような人間じゃねえんだ」

「も、申しわけありません。申しわけ……」

「もういい。さがれ。出発の準備をさっさと進めろ。一日だってきゃつらをのさばらせておくわけにはいかん。俺は俺にさからう奴の存在を許さねえんだ」

将軍たちは蹌踉《そうろう》と出ていった。イシュトヴァーンが股肱《ここう》の臣と頼んでいたカメロンを斬り捨てたという話は軍の間にも知れ渡っていたのだ。機嫌をそこねればいつ剣を抜かれてたたき切られてもおかしくはないのだという恐れが、人々の間には脈打っていた。イシュトヴァーンがカメロンの息子であるといううわさが流れていたのも相まって、イシュトヴァーンとは激すれば父さえ手にかける男であるという評判が、人々の間にはあったのである。

出てゆく部下たちを見送って、イシュトヴァーンはおもしろくもなさそうに鼻を鳴らした。無意識に手を口の近くに持ってきて、もうそこにあった杯は床の上に酒のしぶきを飛びちらして転がっているのに気づく。舌打ちして小姓を呼び、新しい酒を持ってこさせたが、それを注いで呑もうとして、ふと手を止めた。空中を見据える彼の目に、みるみる狂おしいほどの恐怖と孤独がわきあがってきた。常にかたわらにあって助言をし、変わらぬ愛情で包んでくれていたカメロンやマルコの存在がないことに、今ふたたび気づいたかのようだった。彼はふいに杯を叩きつけ、両手に顔を埋めた。それはまるで悲哀と孤独とを絵に描いたもののように見えた。

「ナリスさま――ナリスさま――ナリスさま」

震える唇が開いてささやいた。

「助けてくださいナリスさま――俺はひとりぼっちなんです――さびしいんです――こわいんです、ナリスさま――ナリスさま！」

むろん答えはなく、イシュトヴァーンはいつまでもうずくまって頭をかかえ込み、玉座の上でおびえた子供のように丸くなって、じっと動かなかった。


命令を受けたイリス騎士団とイラナ騎士団はさっそく遠征の準備にかかった。だがそこでも、文官の不在、指揮系統の不全が邪魔をした。カメロンのいないゴーラ政府は、ほとんど機能不全を起こしているようなものであった。国庫はいまだイシュトヴァーンがくり返した遠征の痛手から抜け出しきってはおらず、兵糧や各種の装備などをそろえるにはかなりの無理をせねばならなかった。それらの決済はすべて、ほかに行くところもなく結局はイシュトヴァーンのもとに持ち込まれたが、イシュトヴァーンはろくに目を通しもせず、「俺の命令が聞けねえっていうのか」と怒鳴り飛ばしてかえした。

「俺は俺に逆らった奴を絶対に許しはしねえんだ。うだうだ言わずに出すもんを出せ。

国の金蔵くらい、また俺が何とでもしていっぱいにしてやらあ」

　叱咤を受けて文官や武官たちもあちこち駆けずり回り、商家からむりやり献金を出させたり、各種のギルドに借金を申し込んだりしてなんとか資金を捻出した。ようやく軍備が整った。黄金と黄色のイリス騎士団、イラナ騎士団あわせて二万五千が、イシュトヴァーン・パレスの前庭に整列したのはイシュトヴァーンがイシュタールに戻ってきてからほとんど半月近くたってからだった。来る日も来る日も、酒をのんではいらいらと立ちあがって侍従を呼び、まだ騎士団の軍備は整わないのかという問いにむなしく時を費やしていたイシュトヴァーンは、パレスのテラスから居並んだ騎士たちを見下ろして、ようやく眉間の雷雲をうすれさせた。

「よーし、ようやくそろったか。おい、俺の鎧と剣だ。何をぼやぼやしてやがる」

「は……」

「何を、ぼやぼやしてるって言ってんだよ。剣と鎧だよ。はええとこ出発しねえと、トーラスの阿呆どもに目にもの見せてやるのがそれだけ遅くならあ」

「あの……ほ、本当に、陛下御みずからがお出になるので……？」

　小姓にまじって跪《ひざまず》いていた侍従がおずおずと問いかけた。

「私どもといたしましては、陛下はこのままイシュタールにおとどまりあって、トーラス攻めには適当な武将の方をおやりになっていただければと……ヒッ」

いきなり足を上げて蹴りつけられ、侍従は悲鳴をあげた。

「なんで俺がこんなとこにてんと座って、阿呆どもの行く末を見てなきゃなんねえんだ」

イシュトヴァーンの黒い瞳は火を噴くようにぎらついていた。

「こいつは俺のいくさだ。俺が出なくてどうするっていうんだ、このばかどもが。邪魔しようなんて思やあがったら、承知しねえぞ」

これもまた、カメロンがいればイシュトヴァーンがいくさに出ていってもあとに残された人は安心できていたろう。または、カメロンがいればイシュトヴァーンを説得し、トーラスへは軍の派遣にとどめて王みずからが出陣することはなかったかもしれない。

だが、誰も止められるものはなかった。イシュトヴァーンはみずからのよろいと剣を身にまとい、旗本隊五千を率いて軍に加わった。純白のよろいをまとった姿は、軍の先頭に立って非常によく目立った。面頰をおろし、馬上ゆたかに粛々と進むその姿には、内部で燃える複雑な瞋恚の炎のありかなどわかりはしなかった。

「イシュトヴァーン！」

「イシュトヴァーン！」

イシュタールの街並みは王の出征を祝う人々であふれていた。水晶の六芒に人面の蛇がまとわりつくゴーラの旗が、手に手に揺れている。押し合いながら外へ飛びだしてきたイシュタールの人々は、自分たちの英雄を見ようと道沿いに押し合いへし合いして首を伸ばし合った。

　旧ユラニアの民たちはイシュトヴァーンの即位によって新しい血を継がれ、人も物も金も前よりずっと潤沢に流れてくるようになったのであって、イシュトヴァーン王が戦場でどんなに血にまみれようが、宮殿内でどんな暴君ぶりを見せていようが、関係のないことだったのだ。むろん、カメロン手討ちの件はいささか彼らを困惑させたが、それも街角でいささかの口論を引き起こす程度で、イシュトヴァーンの人気にはいささかのかげりもなかった。

　トーラス軍の主張は幼い王子を人質にとり、それを正当化しようとするものとしておおむねは侮蔑の目でとらえられた。イシュトヴァーンがいかに流血王、暴虐の残虐王と呼ばれようと、アルセイスやイシュタールの人民にとって、イシュトヴァーンはやはり皇帝サウルの霊威によって選ばれた王であった。むろんその選定にあたってあやしい怪異――あるいは奇跡と呼ぶ者もあったかも知れぬが――それはそれ、普通の人々にとっては、自分のくらしを安楽に、安全に保ってくれる為政者であってくれるのなら、王など誰がどうであろうと、別になんでもよかったのである。

　先頭にイリス騎士団が四列縦隊を組んで並び立ち、堂々と進んでくる。旗持ちはゴーラ王国旗とイリス騎士団隊旗を誇らしげになびかせ、金と黄色のよろいかぶとを陽にきらめかせて、歩調をそろえた馬の蹄鉄の立てる音もきりりと、人々の歓呼するあいだをぬけてくる。

「イシュトヴァーン！」

「イシュトヴァーン！」

その歓呼がいっそう高まる中、進んでくるのは長い黒髪を白いマントの背に流し、白い羽根飾り、白いよろいかぶと、白一色のそなえに純白の馬にまたがった、イシュトヴァーンの姿である。背をまっすぐに伸ばし、軽く手を振って歓呼に応える様子を見せるが、その横顔はあくまで昏く沈んで、何事かを深く思いつめるようなまなざしがどこか遠くをさまよっていた。常にとなりに付き従っていたマルコの姿は、そこにはない。雨のように降りかかる人々の歓声の中で、イシュトヴァーンは後ろに続く五千の旗本隊に思いをいたすようでもなく、淡々と馬を進ませていく。

そのあとにイラナ騎士団一万、そして荷車や歩兵をつらねた輜重《しちょう》隊がつづく。

「イシュトヴァーン！」

「イシュトヴァーン王、万歳！」

トーラスに巣くった反乱勢力が撒いたビラはこのイシュタールにも流れてきていたが、人々は、そんなものに自分たちはまどわされないぞということをみせたいかのようにいっそう歓呼の声を高くした。

モンゴール大公家の血をひいているからといって、まだ二歳ほどの幼児が王にふさわしいはずもない。武勇にたけ、町に利益をもたらしているのはイシュトヴァーン王だ。イシュトヴァーンの指図によって作られたイシュタールに住んでいる人々は、ことにその思いが強い。モンゴールごとき田舎が何を言っているのかという気分もある。せっかく治まっていた国内に新たなもめ事の種をまいた反乱軍に、同情する者などいない。

金と黄色の鎧を輝かせて、ゴーラ軍は粛々と町をぬけていく。

その頃、反乱軍の立てこもるトーラスでは、イシュトヴァーンが軍を起こして攻めのぼってくるという報せに人々が浮き足立っていた。

市中では老人や病人、女子供から先につぎつぎとトーラスを出て避難してゆくものの列が門に集まり、いつもならば繁華に通りすぎる荷車や馬車もすっかり姿を消して、ただ風だけがわずかなごみや店屋の前におろされた油布をはたはたと吹きまくっている。身体の丈夫な男たちは金蠍宮に集まって義勇軍に志願していたが、イシュトヴァーン軍の接近が知らされると、彼らの上にも目に見えて動揺が走った。いまはアムネリスの仇、故国の圧制者として憎むべき相手であっても、かつて救世の英雄としてもてはやされていたころのイシュトヴァーンの武勇を知らぬ者はいない。

（イシュトヴァーンがやってくる――）

（ゴーラの僭王がやってくる——流血王——殺人鬼——ドールの使者が）

ドリアン王子がこちらにあると示されたことは多少なりとも心の支えにはなっていた。なんといってもドリアンは旧モンゴール大公家のさいごの血筋であり、なきアムネリス大公のわすれがたみでもある。いまだ幼い王子を守って戦い抜こうという、悲痛な誓いにも似た思いは市民の心に強くあった。もっともその王子が替え玉であることは、これは誰にももらせぬ秘事として厳重に口止めされていたのだが。

「ええい、うろたえるな。いずれこうなることはわかっていたのだ」

アリオンがざわつく部下たちに対して怒鳴った。

「モンゴール独立のために連合したわれらだ。イシュトヴァーンごときの軍におびえていてどうする。こちらはイシュトヴァーンの息子を盾にとっているのだ。いかに彼奴《きゃっ》でも、自分の息子を無視してわれらを殲滅すれば中原じゅうからまたもや悪評を浴びるということはわかっているはずだ」

後ろ盾として同行しているホン・ウェンが脇から、

「私が集めた傭兵が約五千、ガイルン砦に配備してあります。またモンゴール解放を願う義勇軍三千がトーラスに集合しています。アリオン殿の配下が二万、カダイン、オーダインから上ってきた軍勢が一万、イシュトヴァーン軍の総数がおおよそ三万ということで、数の上ではやや優勢かと」

「しかし、相手はあのイシュトヴァーンです、アリオン伯」

杖をついたハラスが苦しげに言った。

「たとえ数だけは優勢でも、あの男の戦いぶりにあえばその倍でもあやういものがありましょう。わが子を救うためと言い立てられればわれわれに分はありません」

「ゴーラの王位をドリアン王子に奪わせよ、と言ったのは、おのれではないか、ホン・ウェン」

アリオンは恨むような口調でぶつぶつと、

「そのことが余計にイシュトヴァーンを刺激したのではないのか。王子を人質にとった、とだけにすればイシュトヴァーンもそれほど気を立てなかったのではあるまいか」

「たんに人質にとった、というだけでは、われらの主張は正しいものとして受けいけられはいたしませんよ」

ホン・ウェンはうっそりと言った。

「イシュトヴァーン王の非を鳴らし、ドリアン王子を王位に就ける宣言をすることによって、われらは正規の軍であるという旗揚げをすることができるのです。あなた方が目指すのは、あくまでモンゴールの独立でしょう。王子を人質にとるというような、いわば人道に外れた行為をしては、正統の軍としては認められない。反乱軍という立場から脱するためには、どうしても、ドリアン王子をこちらの手でゴーラの王位に就けるという事実が必要ですよ」

「わかった、わかった。まあそれはそれとして、イシュトヴァーンの軍を支えきれるのか、どうかだ」

それを言うとまた一同はひっそりとなってしまうのだった。なんといったところでこちらは地方から集めた旧モンゴールの残党以外は、傭兵と、さして訓練もできていないよせあつめの義勇軍である。対するイシュトヴァーン側はゴーラの正規軍、イシュトヴァーンが手ずから訓練して鍛え上げたイリス・イラナ両騎士団である。軍自体の地力が違いすぎるのは否めない。その上イシュトヴァーン本人の存在がある。イシュトヴァーンが戦えば、いかなる鬼神というもおろかな戦いぶりを見せるかは誰もが知っている。アリオンなどは同じ軍で戦って、その戦いぶりを間近に見たこともある。

「とにかく、もう動き出してしまったことですから……私たちはもう、戦うしかないのです」

いくぶん青ざめたハラスがきっぱりと言った。

「なきアムネリスさまのおあとを慕って集まってくれた者たちもいます。彼らの心を無駄にすることはできません。いかに勝ち味の薄い戦いであろうと、われわれは……やるしかないのです」

ハラスの低い声に一瞬場が鎮まったその時、扉が開いた。

「おお、これはマルス伯」

入ってきたのは反乱軍の手によって軟禁の身から解放されたマルス小伯爵であった。彼はアリオンやハラスに軽くうなずきかけ、卓上に広げられたトーラス近辺の地図を見下ろした。

「私が軟禁されているあいだ、皆には苦労をかけてしまって済まなかった」

つぶやくように彼は言った。

「そんな……あなたが何も責任を感じることはありません、マルス伯。今日ここまで行動を起こすことができなかったのは、私たちの力不足です」

「ありがとう、ハラス」

いとこに当たるハラスを彼は愛情のこもった目でちらりと見た。

「しかし、皆が苦労しているあいだ、私がこのトーラスで何もできずに腐っていたのも本当だ。今度こそは私も、皆といっしょにイシュトヴァーンに立ち向かっていってみせるよ。どんなに苦戦することになろうとね」

そして気分を変えるように、「配置は？」

「アリオン伯とマルス殿がそれぞれ一万五千ずつを率いてトーラスの東西を固められます。ガイルン砦においている傭兵隊五千に義勇軍を合流させ、足止めを担わせます。おそらくあまり役には立たぬでしょうが……」

「イシュトヴァーンは変幻自在の奇襲を得意としている。街道を迂回して思わぬところから襲いかかってくるかもしれんぞ」

「しかし今回は軍の力も強さも、認めるしかないがあちらが上です。さまざまな小細工には走らず、まっすぐにトーラスを潰しにかかってくるのではないかと」

「トーラス――」

　アリオンは震えるような息をついた。

「かつて私は、旧モンゴールが各国の連合軍によって攻め落とされ、炎をあげるのを見た。まさかふたたび、その光景を目にすることになろうとは――」

「負けるとは、かぎったものではありませんよ！」

　ハラスが強い口調で言った。アリオンはうなずいたが、その表情は沈痛だった。

「わかっている。こちらには王子がいる――身代わりであってもな――そしていかにイシュトヴァーンとて、実の子を無視してこちらを叩きのめしたりすればまた中原全体からどのようなことを言われぬわけでもないとわかっているだろうさ。こちらとしては、とにかくモンゴールの独立をもぎとることが一番だ。いざとなれば、王子の身柄と引き換えにモンゴール独立を交渉してもよい」

「イシュトヴァーンは受け入れましょうか」

「受け入れさせるさ。なんとしてもな」

アリオンは言って、唇をかたく引き結んだ。

「でなければ我々が立ちあがった意味もなくなる。モンゴールがいまいちど独立国としてたつことと、それ以外に我々の望みはない。イシュトヴァーンがどれだけ強敵難敵であろうと、引くわけにはいかんのだ」

人々はざわついた。いまになって、彼らを待ち受けている試練がどれだけ厳しいものか、まざまざと感じ取ったかのようなどよめきに、マルス伯爵は眉をひそめ、卓上の地図に片手をついた。イシュタールからトーラスまで赤い線上にいくつもの都市が続く。アルセイス、ルヴァ、レティス、ナント、アルバタナ。それらをひたひたと通りぬけて、イシュトヴァーン軍が近づいてきている。そのひそやかな嵐の唸りを、感じずにいられぬかのようだった。

3

「ダン、ダン！　どこへいっちまったんだい？」

「ここだよ、おふくろ」

店の地下室からひょこりと顔を出したダンを見て、オリーはおおげさに胸をなで下ろした。

「なんだねえ、返事がないから、おまえがまたひょっと妙な気を起こして、義勇軍の中し込みにいっちまったんじゃないかと……」

「俺のこの足じゃ、行ったって追い返されるだけだろうさ」

杖をつきながら階段を上がってきたダンは、地下室の扉をばたりと閉じて家の中に入っていった。あとからオリーがちょこちょこと追う。

「ねえダン、とうさんはやっぱり逃げないつもりなんだろうか」

「……」

「もう隣のブートも、通りの先のラセルんとこも逃げたっていうよ。このアレナ通りで残ってるのはほとんどうちだけだ。大丈夫かねえ、ほんとに――」

「……」

「あたしたちはかまやしないよ。この年だ、いつおしまいが来たっておなじようなもんだ。けど、心配なのはあんたと、アリスと子供たちのことさね。イシュトヴァーン王さまの軍が来りゃ、このトーラスが戦場になるんだろう――あたしにゃ、むずかしいことはわからないけれど、なんだね、ドリアン王子様が王さまになるんだとか、モンゴール大公家のお血筋がどうとか、どっちにしても、上つかたはこのトーラスを足場にして戦われるつもりなんだろう」

「ああ」

「イシュトヴァーン王さまは――たいへんな武勇のお方じゃないか。旧モンゴールのかたがただって、そりゃあ弱くはないのかもしれないけど、でも心配だよ。いざいくさになったら、何が起こるかわかったもんじゃないからね」

かつて、アリのたくらみによってあわや一家全滅の危機にさらされたことのあるゴダロ一家である。相手が同じゴーラの民であるとはいえ、火のような気性のイシュトヴァーンが、反乱軍に対して寛大な対処などとろうはずもない。

ダンは黙って、しんとした店の中を見回していた。店はがらんとして、いつもはオリーの肉まんじゅうを買いに来る客や、ヴァシャ酒の一杯を求めてくる客であふれる席にも人の影はない。店に来るほどの客はみな、荷物を持ってトーラスを逃れ出るか、でなければ義勇軍に吸収されていってしまった。毎朝かかさずあがっていたこうばしい湯気ももはやあがらず、〈煙とパイプ亭〉は、むなしくうつろな表情を見せているばかりである。

「おふくろ。やっぱり俺は、トーラスを出ることにするよ」

「えっ」

ふいに、吐き出すようにダンが言ったことに、オリーはとびつくように息子の腕をとった。

「おお、ダン、ほんとにそうしてくれるのかい。アリスと子供らのこともそんなら安心だ。そうと決心してくれりゃ、あたしもとうさんもうんと安心できるってものさね」

「俺たちばかりじゃねえ。おやじとおふくろも来るんだよ」

「あたしととうさんもかい。……そ、そりゃあそうだけれど、とうさんが納得するかねえ。あんだけこのうちに腰を据えて、死ぬならここで死にたいなんて言ってた人が、すなおに言うこときいてくれるもんだろうか」

「言うことをきいてくれなくっても俺が背負っていくからいい。おふくろはいつも、戦がかたきだって言ってた。俺もそう思う。ましてや、攻めてくるのはイシュトヴァーン王の軍勢だ。あの人の戦上手は知ってるだろう。このトーラスにドリアン王子さまを奉じて集まっておられるかたがたじゃ、言っちゃ悪いがとうていかないそうにない。トーラスは踏みにじられるだろう。もしかしたらトーラス全体が燃やし尽くされるかもしれない」

「ええっ」オリーは両手で口を押さえて震えだした。

「そ、そんな――そんな、怖いこと、だって仮にもドリアン王子さまはイシュトヴァーンさまのお子で……」

「お子だからこそ許せないことだってあるだろう。俺は、おふくろ、前にタヴィアさんがいたころに荒くれどもがうちへやってきた晩のことが忘れられねえんだ。あれはイシュトヴァーン王の知らないことかもしれねえ。……けど、ああいうことをする軍隊なんだってことを、忘れることもできねえ。なんぼおんなじゴーラの民だからって、許すことも、手加減することも、するようなお人じゃあねえ」

「ダン……」

気弱く言ってオリーは黙りこんだ。ダンは杖を持ち上げてそのそばを通りぬけ、コツコツと杖を鳴らして二階へ上がりながら、「アリスに言ってくる」と口重く呟いた。

「おふくろも荷物をまとめてくれ。どこへ行くかは……また改めて決めよう。とにかくトーラスを出るんだ。それしかない」

「まあ、なんてことだろ……なんてことだろうねえ」

オリーは低くすすり泣きはじめていた。そうしながらも急いで厨へ入っていって、持って行けるような食料や水を集めて器に詰め始めた。さすがにいつもの肉まんじゅうを作っているような心のゆとりはない。

ダンは階段を上がる途中でちらと振りかえった。外でかすかに風の鳴る音がしている。トーラスは風の季節を迎えている。その風のむこうに押し寄せてくる軍馬の蹄《ひづめ》の響きを聞いたような気がして、彼は我知らず身を震わせた。

ガイルン砦はユラ山脈の中に位置する山中の砦である。そこへいたる道はつづら折りになっていてけわしく、三万の軍勢が一気に上るにはいささかきつい。

ガイルンまで半日のところでイシュトヴァーンはいったん軍をとめた。日が暮れはじめていたこともあったが、ほとんど休みをとらない強行軍を続けてきたこともあって、きつい山登りが軍に与える影響も考えてのことだった。

「今夜はここで野営だ。歩哨をたてて、篝火《かがりび》は絶やさずに燃やしとけ。ガイルン砦は反乱軍のやつらに奪取されてるらしいからな。一応夜襲に備えて軍装は解くな。明日は夜明けと共に出発して山道を登りにかかる」

「承知いたしました」

伝令たちが散ってゆく。イシュトヴァーンは自分の天幕の中に座りこんで、

「おい、酒。……いや、カラム水だ。あつくした奴を一杯もってこい」

「かしこまりました」

運んでこられたカラム水を飢えたように飲みくだす。飲み終わった杯を放りっぱなしにして、イシュトヴァーンは毛皮を重ねた寝床の上にひっくりかえった。

なんとなく手持ち無沙汰な感覚があった。これまで、いつもそばにいて優しく声をかけてくれていたマルコはもういない。ヤン・インやウー・リーなどの将軍たちでは相手にならないし、小姓たちではもっと使い物にならない。胸のうちでどろどろと渦巻く怒りと焦燥を吐き出すあてもなく、イシュトヴァーンはむっつりと天幕の天井を見上げた。

(俺がやったんじゃねえ……俺が悪いんじゃ——)

そう思うたびごとに、憤怒と激情の仮面となってこちらを見ていたマルコの顔が蘇る。カメロンを刺した時の手応えまでが戻ってくるような気がしてイシュトヴァーンはぞっと手を見た。あの時返り血にまみれた手は、今は何事もなく籠手《こて》に包まれている。それが妙に理不尽な気がしてぐっと握りしめる。人など何千人、ひょっとしたら万を数える数さえも殺してきたかもしれなかった。だが、自分にとってこれほど近しい、ある意味で父代わりとさえいえた人間を、殺したことはなかった。

じわりと吐き気がこみあげてきた。考えが危険な方向に向かいはじめていることに気づいて、イシュトヴァーンは、トーラスにたてこもっているはずの反乱軍へと無理やり考えを向けた。彼らは自分の息子を誘拐してたてまつり、ゴーラの王位を占めさせてこの自分を追い落とそうとしているのだという。

（なめやがって……）

子供を人質にとっているからといってなんだというのだ。たとえ二歳の子供であっても、ばか者どもに押し立てられて王位を請求するようなくだらぬガキに容赦する気はみじんもない。女子供に振りあげる剣は持たないが、首尾よく取り返したところでふたたび息子として対する気持ちには永遠になれないだろう。

モンゴールの残党も、おとなしくしていればいいものをなにをそんなにあがくのだ。たかが三十年、一代限りの平騎士と靴屋の娘から出てきた大公家ではないか。その程度の血をいかにも特別らしく言い立てているほうが間違っている。

（俺はゴーラのイシュトヴァーンだぞ。生まれたとき玉石を握っていて、とりあげばあに『この子はいつか王になる』と言われた男なんだ）

その予言通りに王になった自分と、一介の平騎士の血筋とどういう違いがあるのだ——と思う。むしろ予言通り〈光の公女〉に出会い、王座に昇った自分の方が上ではないかとも思う。ここまで考えたところで、〈光の公女〉の名前がにがい連想を呼び起こし、イシュトヴァーンはあわてて目をつむった。

（ちくしょう、アム公の奴……どこまで俺にたたりやがるんだ）

確かにかつて、憎からず思った時期はあったはずなのだが、そんなことはもうイシュトヴァーンの脳裏からは消え去っている。最後には互いに対する憎悪しか残らなかった関係だった。その憎悪の結晶のようにして遺されたドリアンのことを、血を分けた息子だとも思ったことはない。それはむしろアムネリスの執念の凝《こご》った存在として、顔を見るのもいやなものでしかなかった。誘拐されたからといって、手加減するようなものではない。むしろ、この戦いに巻き込まれて、どうにかなってくれればすっきりするのだがと、イシュトヴァーンは冷酷にも考えた。

イシュトヴァーンにとって、自分に都合のわるいことはすべて他人のせいであるか、あるいは、周囲の情勢がそうさせてしかたなくそうなったことであった。自責、という念こそイシュトヴァーンにとってはもっとも耐えきれないものであり、だからこそカメロンの死にさいしてはあれほど打ちひしがれ、必死に俺のせいじゃないと言い続けてきたのだった。アムネリスの自害についても、彼女が勝手に死んだのだから自分にはなんの責任もないと強弁し続けてきたのである。それが正しかったかどうかはさておいても、中原で自分が殺人王、流血王、ゴーラの戦鬼として恐れの目で見られていることはわかっていたし、自分がきらわれ、憎まれているのもわかっていたけれども、イシュトヴァーンにとってはそれはなりゆきのままに動いていたらそうなった、というだけのことで、けっして自分からそうなろうと思ったことはなかった。

過去に何があっても、自分に都合の悪いことはいつの間にか都合よく書き換えてしまう——というのがイシュトヴァーンの記憶であり、人格であった。自責の念をもっとも恐れるその性質とあいまって、自分のしでかしたことはいつの間にかすべて他人や環境のせいになり、そうすることによって精神の安定を保っているのがイシュトヴァーンだった。もっとも、それだけでは抑えきれない過去の亡霊や怨霊が、夜ごと、彼の眠りをおそろしいものに変えてはいたのだが——

寝台代わりの毛皮の上で、さまざまに考えをめぐらせながら両目を腕で覆っていたイシュトヴァーンだったが、その時、『イシュトヴァーンさま——』というかすかな声が聞こえた。

『イシュトヴァーンさま——イシュトヴァーンさま』

「誰だッ」

イシュトヴァーンは飛び起き、枕元の剣をまさぐった。

空中にじわりと黒いしみが広がり、見る間に、それは黒いマントを深々とかぶった人影となって地上にうずくまった。

「わたくしは魔道師のカル・ハンと申すものでございます。クリスタルのあの方より、ご伝言をうけたまわりましておうかがいいたしました」

「クリスタルの——あの方……」

イシュトヴァーンは深く息を吸い込み、飛びかかるようにして相手の肩をつかんだ。

「おい、ナリスさまか!? ナリスさまがいったい、何をおっしゃってるっていうんだ!」

「わたくしはただお預かりしたご伝言をお伝えするだけでございます」

カル・ハンはゆらめくように後ろへ下がると、両膝をついて頭を垂れた。

「あの方からのご伝言でございます。……現在、トーラスにてゴーラ王位に推されている子供は、まことのドリアン王子にあらず——とのことでございます」

「な——」

イシュトヴァーンは目をぱちくりし、それからどなった。

「なんだとォ？ 反乱軍のやつらが、贋者をかついで回ってるってことかよッ」

「反乱軍がイシュタールよりドリアン王子を誘拐したのは誠のことでございます。しかし、ドリアン王子は反乱軍の中の裏切り者により連れ出され、そのまま行方がわからなくなってしまっております。……いまドリアン王子として陣中にあるのは、近在の村から拉致されてきた同じほどの年齢の子供。ドリアンさまではございません」

「——……」

イシュトヴァーンはしばらく黙って立っていたが、ややあって唸るように、

「わかった」と呟いた。

「わかった。もういい。去れ」

「失礼いたします」

一礼して、カル・ハンはふたたびふわりと浮き上がり、黒いしみとなって空中に溶け去ってしまった。イシュトヴァーンはちょっと呆然とそれを見守り、その姿がすっかり消えてしまうと、また、毛皮の寝床に倒れるようにどさりと寝転んだ。

（あの方が俺に、だから容赦することたあねえと教えてくださったのかな）

そんなことを考えていた。ドリアン王子のことを考えるといつも、その後ろに浮かびあがってくるのはあのアムネリスの雌虎のような緑色の瞳、憎悪と瞋恚に凍りついたまなざしだった。最悪の悪夢の中でいつも見るそのまなざしは、息子の上にも大きく影を落としていた。そういう意味では、イシュトヴァーンはドリアンをおそれていたかもしれぬ——その母親の、呪詛と執着の象徴として、過去の血塗られたいさかいの記憶をともにつれてくるものであったかもしれぬ。

子供なんざいつでもまた作れる——と豪語したイシュトヴァーンだったが、モンゴールをおさめるに当たってモンゴール大公家の血筋がどういう意味を持つかも理解してはいた。モンゴール大公家の血を引くか引かぬかではモンゴール人民の反応がまったく違ってくる。過去にドリアンをモンゴール大公につける、という発表をしたところモンゴールの反乱は一時的にであれ鎮まったのだし、それはドリアンがモンゴール大公家の唯一の血筋であるからこそであることもわかっている。もし、ドリアンをここで攻め滅ぼし、戦火の中で命を失わせてしまったら、モンゴールの民はいよいよ態度を硬化させるだろう。

（反乱軍のやつをとらえて引きずり出して……ドリアン王子の名を僭称させたってことを世間に触れ回りゃいいんだな……）

反乱軍がそうやって、いわばおきて破りをやって、ただのその辺の子供をドリアン王子と称しているのだと知れれば、イシュトヴァーンの討伐軍の筋もなおさらたつものといえるだろう。そう、ドリアン王子の行方を吐かせるために拷問したっていい。イシュトヴァーンは酔ったように思った。ドリアンの行方などさほど知りたいとも思わないが、やっかいな国際世論というものの前には、自分の息子を攻めて死なせたとすればまた残虐王、殺人王イシュトヴァーンの悪名が広がるのは必至だ。だが偽の王子をたてて王位を請求したということはまちがいなく筋が通らない。筋が通らないことはただしてやっていいはずだ。ドリアンを誘拐し、人質にとっているも同然という反乱軍の建て前もこれで崩れた。イシュトヴァーンは正義の軍隊として、反乱の徒を押しつぶしてしまえばいい。

イシュトヴァーンの口辺に凄惨な笑みが浮かんだ。わが手で作ったゴーラという国を二つとなく、それこそわが分身として愛し、その版図をいずれは中原全体にまで広げてゆこう、中原全体にイシュトヴァーンの名前を記し、中原全体をイシュタールと化そうという彼の野望の前に、彼をさしおいてゴーラの王座に手をかけるなどというのは、たとえ息子であってもけっして容赦できない罪であった。まだ幼い子供のことであるから反乱軍のものどもに推されてのことであっても、そんなものに利用されること自体がまぬけで許せないものであった。

　だがドリアンは反乱軍の陣中から連れ出されたのだという。イシュトヴァーンにとっては、

（うまいこと逃げやがったな……）

という気がしないでもない。むろん連れ出されたというのも子供の意志ではなかろうが、少なくとも、まともにイシュトヴァーンの怒りの拳に叩き潰されることは避けられたわけだ。

　女子供を殺す剣はイシュトヴァーンは持っていない。しかし、たいせつなゴーラ、たいせつなイシュタールに手をかけようとした一味を許すわけにもいかない。

（カメロンがいたらどう考えやがったかな……マルコがいたら——）

ついそう考えて、熱いものに触れたかのようにぎくりとそこから考えをもぎ離す。カメロンの死とマルコの怒りは、考えるのも耐えられないほどの痛みをまだイシュトヴァーンにもたらした。

（俺じゃねえ……俺のせいじゃねえ……カメロンも……マルコも）

もしカメロンが生きていたら、反乱軍が王子を人質にとり、ゴーラの王位を奪おうとしているとなれば、すぐに討伐の軍を、しかしイシュトヴァーンには率いさせずにさしむけただろう。形の上だけでも父と子の対決になることを避けるために、ドリアン王子の救出と反乱の鎮圧の二つの目的をはっきりとさせて、軍を派遣しただろうという気がする。

思えばドリアンはアムネリスとカメロンの不義の子ではないかと疑ったこともあった。あの時のしたたるような苦しみもイシュトヴァーンははっきりと覚えている。心から信用している、信用したいと思っていた相手が裏切っているのではないかという苦悩。彼自身が裏切りをくり返してきたがためにその裏切りの影を、少しでも身のそばからはなれた相手の上に見てしまうというのは、ある種の悲劇であったかも知れぬ。

イシュトヴァーン自身には人を裏切ってきた自覚はない。記憶が都合よく改変されるという彼の癖もあったが、なにより、彼はいつも「自分のしたいようにしてきた」のであり、それが結果的に裏切りにつながったのだとしても「俺の知ったことか」という気持ちがあったのである。

（俺は……俺はゴーラのイシュトヴァーンさまだぞ……）

彼にとって自分の意志と野望のみが全世界で唯一意味があって筋のとおったものであ

り、その前では正義や善悪など屁でもないと思っている。ゴーラの僭王、流血王、殺人王の異名も、（知らねえやつらが何言ってんだ……）という気がする。

いつでも自分の意志と野望を押し通し、そのためにこそ血まみれの道をまっしぐらに駆けぬけてきたこの風雲児には、裏切りも何もかも筋の通ったものであり、そうである以上は彼が心を痛めるには値せぬことであった。もっとも、その血の道に踏みにじられてきた人々は、夜ごとの悪夢の怨霊となってイシュトヴァーンの枕を離れぬのであったが。

「陛下。お食事をお持ちいたしました」

「ああ。その辺に置いとけ。気が向いたら食べる」

「はい……」

盆にのせた食事を小姓が置いて出ていく。ガティの薄焼きで焼き肉を巻いたものにカラム水の壺といった簡単なものだが、あまり食欲がなかった。カル・ハンというあの魔道師が伝えてきた報せのおかげで、反乱軍への対応は微妙に変わってくるようだったが、こんどはよその、見も知らぬ子供のところへ攻め寄せるのかと思うと、多少気分が悪くないわけでもなかったのである。

（子供を殺す剣は持たねえが――）

反乱軍を平らげたらその子供にもなんらかの処分を下さなくてはならぬ、ドリアンに対しては複雑に重なり合った思いもあり、いっそのことこの機会に――という気分もないではなかったが、たまたまきこまれただけの子供がかかげられているのだとすると、やはり子供を殺すことには意気がにぶる。

（どんなものかな――反乱軍のやつらはむろん許しちゃおけねえが……）

イシュトヴァーンは食事の冷めるのも気にせずにじっと寝転んだまま考え続けていた。

4

一夜明けて、翌朝は水のような好天が広がった。イシュトヴァーンは早朝から起きて、よろい姿で天幕を出てあたりを歩き回っていた。王が歩いているのに出くわした下っ端の兵士や騎士たちはびっくり仰天して平伏したが、イシュトヴァーンはほとんど意に介さなかった。彼は誰かとしゃべりたかった——これまでならマルコがいてくれた、なんということもない会話の相手が誰かほしかったのだが、そんなことに使える相手は、ウー・リーやヤン・インでも間に合わなかったのである。イシュトヴァーンにとってマルコは、同じヴァラキアの海の兄弟という意味においてもかけがえのない相手であった。

(俺を捨てていった相手に、何を……)とも思うのだが、孤独はひしひしとイシュトヴァーンの身近に染み入ってきて離れない。それは、心浮き立つはずのいくさの途上であってさえ同じことだった。

「ご報告いたします。ガイルン砦は大扉を閉ざして籠城の構えです。周囲の町はすでに住民が逃亡したものとみえて、人影ひとつありません」

「近隣の農民をとらえて尋問しましたところ、砦の兵はおおよそ傭兵、それに人民から構成された義勇軍であるとのことです。数は不明ではありますが、おおよそ一万には満たない数かと」

「ふん……」

斥候の報告を聞いて、イシュトヴァーンは顎をかいた。

「どうやらしち面倒くさいことをしなくっても、正面からつつけば破れそうだな。ガイルン砦は時間稼ぎで、本隊はトーラスの守りに集めてあるんだろう。よし、スー・リン、イリス騎士団のやつらを率いて火矢を用意して射かけさせろ。やつらをあぶり出すんだ。リー・ルン、イラナ騎士団を率いてあとに続け。俺は」

にやりとしてイシュトヴァーンは集まってきていた隊長たちを見回した。

「俺は間道を通って、直接トーラスを叩く」

「なんと……」

ざわめきがあがったが、反対意見を述べるものは誰もいなかった。イシュトヴァーンのいくさがそうした奇襲や早駆けを中心としたものであることは、モンゴールの時代からそばに付き従っているものたちには周知のことだったのである。

「俺は俺の旗本隊五千を連れてトーラスへ回る。ガイルンをいい加減に叩いたら、お前らは押さえに三千だけ置いてトーラスへ追っかけてこい。俺がそれまでにトーラスをぶっ潰していなけりゃの話だがな」

「し、しかし、トーラスには約三万の軍が集結しているとの報告が入っています」

スー・リンがためらいがちに、

「五千と三万では、あまりに差がありすぎるのでは」

「ばーか、この俺が率いる五千だぜ。寄せ集めの三万がなんだってんだ」

イシュトヴァーンは鼻を鳴らした。

「モンゴールの生き残りったってたいしたやつらがいるわけじゃねえ。せいぜいトーラスに軟禁されてたマルスの奴がいるくらいだろうが、俺とあいつじゃ指揮官としての腕がちがわあ。もともと俺の下についてたやつらなんだぜ。やつらの弱いとこも気性も、おりゃだいたいわかってる。まかしとけ」

「は……」

イシュトヴァーンは鋭い目で周囲を見回し、自分を見上げている部下たちを見下ろした。どれもひたむきに自分を信じている目で、イシュトヴァーンさえいればどのような戦いにも負けないと信じているものの目だった。

「さあ、出発だ、まずはガイルン砦へ向かう、俺があそこで引っかかってると思わせるように少し姿を見せておいてやらなくちゃな、準備のできた部隊から出立しろ。ガイルンだ、いいな」

「ガイルン！」

「イシュトヴァーン！　イシュトヴァーン！」

　イシュトヴァーンはどっとあがったその歓呼に手を上げて応えると、身をひるがえして馬のところへ行き、首を叩いて声をかけてやった。ブルブルと鼻を鳴らすのに何度も首筋をこすってやり、おかれた鞍にさっと飛び乗る。

「イリス騎士団第二大隊、出発します！」

「イラナ騎士団第三大隊、出立準備整いました！」

「第四大隊、第五大隊、出発準備完了であります！」

「よーし、出発しろ。砦の有象無象に、ゴーラ正規軍の強さを見せてやれ」

　秋の終わり、山道には落ち葉が積み重なり、カサカサと音をたてる。その上を踏む馬の蹄はざわざわと木々を鳴らし、舞い落ちてくる落葉を踏みにじって先へとすすむ。ユラ山脈の高峰が左右に広がり、紅葉が彩り豊かに森を彩っているが、そんなものを目に留めるような風流さは、誰も持っていない。つづら折りの山道を長々と、巨大な蛇がうねくるに似てゆっくりと軍勢が登ってゆく。

　馬に身をまかせて登りながらイシュトヴァーンはぼんやりと、

（あの方は……何してるだろうか……）と考えていた。

（まるで魔法みたいにクリスタルにあらわれて……俺のことを支持してくれて……今度

こそ、私とお前はいっしょだよ、イシュトヴァーン、っていってくれて……そうだ、リンダのことだって、お前の好きにしたらいいって言ってくれて……）

（ふしぎだ……やっぱりあの人が死んだなんてのはまちがいだったんじゃねえだろうか……だってあの人はまた俺の前にあらわれて……俺にほほえみかけて……『私がそばにいるよ、イシュトヴァーン』って……）

（そうだよ――いつだってあの人は静かにほほえんでいて……俺が人質にしたときだってまるでそんなことなんかないようにふるまってて……俺が引っぱり回したからってそんなこと、文句もいわねえで……だからやっぱり――）

（なんもかも、まちがいだったんじゃねえのか？　ほんとはあの人は死んでなんかいなくて、なんかの理由でしばらく姿をかくしてただけで――リンダが言うみたいに、俺が引っぱり回したせいで死んだなんてこと、ありゃしなかったんじゃないか？　ほんとは元気で、すっかり足だってもとのままで、元気に生きてたんじゃねえか……？）

（私がそばにいるよ、イシュトヴァーン……）

（ナリスさま！）

　幾重にも折り重なりながら落ち葉の上を軍馬の列は進む。

　イシュトヴァーンはいつしか夢見るような表情で、クリスタル・パレスにある麗人の上に意識をとばしていた。

ガイルン砦は山間にたつ要塞である。トーラスから一日の距離にあり、天然の要害たるユラ山脈の切れ目に存在する抑えとして、重要な位置を占める。モンゴール反乱軍がゴーラ中央への備えとしてこの砦を重要視していることは明白であり、イシュタールからの軍勢を一日でも長く押しとどめておくためにそれなりの備えをしいていることははっきりしていた。

「陛下。ガイルン砦です」

森が開けて、光がさしてきた。

昼下がりの空は青く高い。両側から急峻な山が迫った間の地を、ふさぐようにして灰色の石の砦が建っていた。周囲には貼りつくように小さな家々が広がり、ヴァシャ林や家畜囲いが左右に点在している。だがそこで立ち働く者の姿はない。戦が始まると知って、住民たちはみな逃げてしまったのだろう。

砦の城壁の上には、旧モンゴールの金蠍の旗がなびき、旗指物《はたさしもの》がりゅうりゅうと揺れている。すでにゴーラ軍の接近は知られているだろうが、大扉を厳重に閉ざし、籠城の構えで出てくる様子はない。

ゴーラ軍は城壁から五モータッドばかり離れた林のふちに陣を敷いた。イシュトヴァーンがいることを示すように御座所の天幕を麗々しく張りまわし、ゴーラの旗をなびかせて周囲に篝火を焚かせた。

「イリス騎士団第一大隊、第二大隊は盾を持って前面に出ろ」

「承りましたッ」

「第三、第四大隊はその後ろに陣取って火矢を準備しろ。輜重隊が破城槌《はじょうつい》を載せてくるまでは矢戦だ。どんどん火矢を射込んでやつらを火あぶりにしてやれ」

「承知！」

「イラナ騎士団第一、第二、第三大隊は裏へ回ってやつらがこっそり裏から逃げ出さないように周囲を固めておけ。俺の旗本隊が本隊から離れたことをトーラスにご注進されちゃ困るんでな」

「了解です！」

「適当に攻めたら破城槌でおもてっからど突いてやれ。崩れたらイリス騎士団第一、第二、第三大隊、一気に中へ突っ込め。どうせやつらは寄せ集めの軍隊だ、一発食らわせりゃ震え上がる」

「承知いたしましたッ！」

「よーし、行くぞ！　イリス騎士団第一大隊、前へ！」

盾をおしたてた騎馬隊が左右に長く広がって前へ出る。砦の上で動きがあった。小さく、人形のように見える兵士の群れがばらばらと動いて城壁の上を走っていく、ひゅん、ひゅん、と矢が風を切った。やがて、ひゅん、ひゅん、と矢が数を増し、雨あられと矢が砦の上に降りそそいだ。

後衛の二大隊は火矢の用意にかかっていた。燃えあがる火を先につけた矢がかかげられると、たちまちそれらは、炎の筋を引いてひゅうっと砦のうちへ吸い込まれていった。ひゅっひゅっと弦《つる》が唸り、火の塊が弧を描いて宙を飛んでいく。

少しするうちに、城壁の中から一筋、二筋と煙が上がりはじめた。城壁の上の兵の動きが激しくなる。はげしく降っていた矢の雨が少しばかり小やみになった。かかげられたモンゴールの旗の端に火矢が突き立って、いぶりはじめるのが見えた。ちら、と赤い舌が、空をなめて吹き上がるのも見えた。

「火がついたか。どうやらあのさわぎようじゃ、それほど使える奴もいやしねえようだな。ちょいと、おどかしてみてやるか」

「な、なにをなさるのでありますかッ」

「船べり登りだよ。おい、身軽なやつぁいるか。いたら百人ほど集めてこい。木登りやら軽業やらに自信のあるって奴を集めろ。大至急だ。俺が出る」

「は、はいっ」

伝令たちが駆け出していく。イシュトヴァーンはしだいに煙が増えていく城壁と右往左往する人影を眺めながら、「俺がこっちにいるってことを示しとかなきゃならねえしな」と口中に呟いた。

身の軽いものが五十名ばかり集められて連れてこられると、イシュトヴァーンは各自に鉤《かぎ》の手をつけた縄を支給した。その上で重いよろいを脱がせ、厚手の革マントを着せて矢を防がせた。

「ウー・リー隊、俺たちを囲め。相手のへろへろ矢なんざ気にするな、一気に駆けぬけて、城壁に飛びつけ。縄をかけて、城壁の上に登るんだ。俺は子供のとき、さんざっぱらやったぜ。船腹に縄をかけてあがりおりするのをな。いいか、落ちついて、足をしっかりかけて登るんだ、いいな」

「イシュトヴァーン！」

「イシュトヴァーン！」

どっと喊声があがる。

「馬ひけ！」

「はーッ！」

軽い革のよろいと革のマントに替えたイシュトヴァーンが一気に戦線をやぶってかけ出すと、そのあとに、五十名の選抜隊が歓呼の声をあげて続いた。

「イシュトヴァーン！」

「イシュトヴァーン！」

「ゴーラ、ゴーラ！」

突進してくる一団の騎馬を認めて、城壁の上の動きが一気にあわただしくなった。ひゅっ、ひゅっ、と耳もとを矢がかすめていく。すぐ隣を走っていた男が、喉笛を矢につらぬかれて落馬する。マントを前にかかげ、馬の首に身を伏せて身を守りながら、イシュトヴァーンは獰猛な笑みを浮かべた。

「ゴーラ、ゴーラ！」

「イシュトヴァーン！」

「イシュトヴァーンだ……イシュトヴァーンが来るぞお！」

砦内では早くもそんな騒ぎが起こっているかのようであった。三万の軍勢に、相手は軍神と名高いイシュトヴァーンの軍勢とあって、もともと傭兵や民兵の多いガイルン砦は相当に意気阻喪しているようであった。

ウー・リー隊が剣をひらめかせて矢を切りのけ、払いのけ、盾をかざして守ってくれるのに合わせて馬を飛びおりる。もうそこは城壁のすぐそばだ。イシュトヴァーンは鈎縄を振りまわして、思いきり宙に投げた。鈎は城壁の石組みにがっきとかかった。

「登るぞ！　続け！」

サルのように身軽くイシュトヴァーンが縄を登っていく。少し遅れて、選抜隊も同様に鈎縄をかけて城壁をよじ登っていく。分厚い革マントをかかげて矢をよけ、弓風に首をすくめながらも、その動きは敏捷だった。

「あがってくるぞ！」

「弓で射落とせ！」

イシュトヴァーンに弓の嵐が集中する。イシュトヴァーンは悪魔のような笑い声を上げた。人間ごときの矢が、この流血の王、殺人者の王になど通じるはずがないとでもいうようだった。ばらばらと降る矢の雨の中をイシュトヴァーンはらくらくとよじ登っていき、かたわらで射落とされた仲間が落下していくのを見もせずに、たちまちのうちに城壁の上に手をかけた。

「切れ！　切って落とせ！」

振りあげた剣が迫ってくるのを、イシュトヴァーンはかわしてぐいと逆に相手の手をつかんだ。そして思いきり引いたので、相手はでんぐり返って城壁から悲鳴の尾を引いて落ちていってしまった。続いて突き出された手をかわしてさらにひっつかみ、それを綱のようにぐいと引く。ひっぱられた相手の身体を手がかりに使って、イシュトヴァーンは城壁を乗り越え、高々と頭を上げて長い髪をなびかせていた。

「わあっ、イシュトヴァーンだ！」

「イシュトヴァーンだ、イシュトヴァーンだぞ！」

どっと崩れたつところへ、恐ろしい笑みを浮かべたイシュトヴァーンが剣を引き抜き、あたりを走り回っている兵士たちの中へ突っ込んでいく。たちまち首が、手が、足が飛び、血しぶきが城壁を染めた。イシュトヴァーンの剣がひらめくところ絶叫があがり鮮血が飛びちり、なだれを打って兵士たちは後ずさった。

「相手は小勢だぞ、討ち取ってしまえ！」

入り乱れる中からはそんな声もしたが、せまい城壁の上では一人を取り囲んで押し包むこともできず、剣の届く範囲に入ったものはみな切り倒されるしまつで、手のほどこしようがない。そのうちに、ほかにも城壁に登りついたものが斬り合いを始めて、城壁の上は大混乱に陥った。

「ハッ！　ハッハ！」

悪鬼のようにイシュトヴァーンは笑った。その顔は燃える炎に照らされて赤く、その目は血に酔いしれておもても向けられぬほどの強烈な光を放っていた。すさまじいばかりに返り血をあびたその姿はまるで水車のように兵士を切り倒しなぎ払って進みながら、そのこと自体をほとんど意識していないかのようだった。恐ろしい血への耽溺、戦闘への陶酔が彼を押し包んでいた。城壁の階段を降りながら、下からあがってくる兵士の槍を切り落とし、切り払い、突き、跳ねて、目まぐるしいばかりに切り結ぶ。二合と保《も》つものはいなかった。転がり落ちる死体に巻き込まれて恐慌が起こり、火矢がつけた火災が燃え広がるのに続いて、わっわっと騒ぐ声が上がったが砦の兵はもうかなりの部分で戦う意気を失っているようだった。

その時、どーんという音が砦の門を揺るがした。輜重部隊が運んできた破城槌をかまえた歩兵隊が、息を合わせて砦の門に槌をぶち当てているのだった。足もとの揺らいだのにちょっとふらついたイシュトヴァーンは頭を振ってどっぷりと血に濡れた腕を振り、ばらばらと門の方へ駆けていく兵士たちをいくぶん呆然とした目で見やった。

またどーんという音が響きわたり、イシュトヴァーンは周囲からひとが引いていったのに気づいて不安定に剣を振りまわした。門のところに集まって、破城槌に備えようとしている砦の兵たちを見定めると、剣をたかだかとあげてその真ん中に躍り込んでいこうとする。

「お待ちください、陛下！」

横から腕を取った兵士は、もう少しで首を飛ばされるところだった。思わず悲鳴をあげた相手に、イシュトヴァーンは構わず斬りかかろうとする。

「陛下！　陛下！　お気を確かにお持ちください！　味方です！　私はお味方です！」

「あ……？」

血にくもる視界を擦って、イシュトヴァーンは相手の顔を見直した。遠く酔ったようにかすんでいた脳内がじょじょにはっきりしてくる。全身血にまみれて凄惨なありさまになったイシュトヴァーンに、気後れしたように相手は身を引きかけて震えていた。

「なんだ……お前……どうした……」

「本隊が破城槌を用いて突入してまいります！　陛下はもう、どうぞお引きを！　本隊が攻め入ってまいります！」

「なんだとォ、この……」

そう言いかけたとたんに、どーんと三度目の大音響が城壁を震わせた。わあっとあがった喚声がふいに近くなった。

「門が崩れた！」

「門が崩れたぞーっ！」

悲鳴のようなどよめきがあがってきて、イシュトヴァーンは目をしばたたいた。

「破城槌……？　門が破れたのか……？」

わあっ、わあっ、と押し合う声がきこえる。剣の打ち合う音、叫び声、喚声、また喚声、打ち寄せる波のようにどよめきが城壁を揺らして、燃えあがる炎もそのたびに身震いするようだ。

「お怪我をなさっておいでです！　こちらへ！　お手当なさらなければ……」

乱戦の中で当たったのか、一本の矢がよろいの隙間を縫ってぶっつりと肩に突き立っている。

「わかった、わかったから」

まだ半分以上呆然としたままイシュトヴァーンは呟いた。

「そんなにうるさくするな、マルコ。こんなくらいの傷なんざ、屁でも――」

「は？　なんとおっしゃいましたか？」

相手はまばたくと、イシュトヴァーンをかかえるようにして味方兵士の後ろに引き込んだ。その頃には破城槌といっしょに、高ばしごをかけて砦に登ってきた兵士たちが城壁の上に溢れていたのだ。

「おい、陛下を後方へお下げしろ、お怪我をなさっておられる」

「はっ」

「おい、やめろ、冗談じゃねえ」

ようやく正気づいてきたイシュトヴァーンはもがいた。

「こんな程度の傷、怪我なんて言えるもんかよ。おい、離せ、俺はまだまだやれるんだ」

「御身大事です。どうぞお下がりください。どうぞ。どうぞ」

ぐいぐいと押されて後退させられ、イシュトヴァーンは高はしごをつたって下におろされ、本陣へ戻された。

開戦からまだ二ザンほどだろう。太陽は傾きかかり、西の空はかすかにあかね色に変わりかけている。風がはやく空をかけり、火のついた砦は煙をなびかせて燃えあがっていた。崩れた大門からはゴーラ軍の精鋭が突入し、はげしい戦闘の音が聞こえてきた、本陣に戻ると、ヤン・インが心配そうな顔をして出迎えた。

「水を持ってこい。陛下の傷のお手当を」

血でこわばった革マントを肩から紐を切って落とし、よろいの紐も血ですべってとれぬ分は小刀で切って落として、矢の突き立った肩をむき出しにする。よろい下を裂いてみてほっとしたように、

「よかった、あまり深く刺さってはおりませんね。陛下、しばし失礼いたします。矢を取り除きますので」

「こんなくらいの傷、蚊が刺したほどでもねえってのに」

文句をいいながらも、イシュトヴァーンは言われるがままにし、矢の取り除かれるときにはさすがにちょっと眉根を寄せて痛みをこらえた。

水がどんどん運ばれてきて、イシュトヴァーンの身体についた返り血が洗い落とされていく。といってもそれは何度替えてもすぐに水が赤く濁ってしまうほどで、髪の毛まで粘りついてしまってなかなかそうとれるものではなかった。

「ほかにもたくさん細かい負傷をしておいでです」

腕や身体についた血を洗い落とすうちに見えてきた傷を、ヤン・インは口をとがらせて見た。

「大きいのは肩の傷くらいですが……傷薬を塗って、布でしっかり抑えておいた方がよ

ろしいでしょうね」

「うるせえ、こんなくらい、酒を一杯飲めばなおっちまわあ。おい、酒を一杯持ってこい」

小姓があわてて天幕の外へ走り出ていく。やがて杯にそそがれて差し出された酒をイシュトヴァーンはひったくるようにして呑み、そこで自分がどれだけ喉を渇かせていたかに気づいてちょっと驚いたような顔をした。

「まいったな！　先にトーラスへ回るつもりでいたのに、ちょっといたずらしてやるつもりが深入りしちまったもんだ。まあいい。ガイルンはもうすぐ落ちる。あとはお前らにまかせて、始末がついたらトーラスだ。おい、マルコ」

「は？」

ヤン・インがけげんな顔をする。ハッとしてイシュトヴァーンは自分が何を言ったかを考え、唇をかみしめてつばを吐いた。

「なんでもねえ、……斥候班はもうトーラスへ向けて出たのか」

「はい。すでに」

「よし。反乱軍のやつらがどう動いてるか。まあ寄せ集めの軍勢なんざ恐れるこっちゃねえが、それでも妙な計略なんざ使われちゃこまるからな」

モンゴールの金蠍旗がぼっと炎をあげて燃えあがった。くすぶっていた炎が風に吹かれて勢いを増し、くろぐろと黒煙をあげている。戦いの叫喚はいまだやまず、そのむこうで、西の空は少しずつ夕暮れの色に染まりつつあった。

第二話　進　撃

1

　ガイルン砦からトーラスまでは馬で一日、早馬で行けば半日の距離である。ユラ山脈を越えるこのルートはあまり使用されておらず、人通りの多いのはボルボロスからオーダイン、カダインをむすぶモンゴールの穀倉地帯を通る街道をぬけてトーラスへと北上する道である。トーラスは郊外を少し離れるとすぐに深い森に覆われる、モンゴールの首都とはいえノスフェラスにも近い辺境の都市である。

　その、人通りも少ないガイルン－トーラス間の赤い街道を、黒い濁流のように馬を走らせていく一群の騎馬隊があった。先頭には純白の軍装に身を固めた一騎が、背の真ん中でくくった長髪をかぶとの下からなびかせて疾走している。あとに続く兵馬は長々と赤い街道にのび、のたくる蛇にも似ていた。ユラ山脈の、人気のない山林の中をかぶとやよろいをきらめかせた軍勢が、地響きを立てて行軍していく。

「伝令！」

前方から駆けてきた一騎の騎馬が、吸い寄せられるように先頭の騎馬の横についた。

「そのまま言え！」

「はっ！　トーラス側はガイルン砦が落ちたことを知って、門を閉め、東門、南門など出入り口には土嚢を積み逆茂木《さかもぎ》をたて、騎馬をふせぐ処置をとっております。またトーラス郊外約五モータッドの位置に陣を張り、およそ二万の軍にて、街道をふさいでおります!!」

「こざかしいまねをしやがるぜ」

イシュトヴァーンは――純白の一騎はむろんのことイシュトヴァーンであった――独りごちると、声を高めて、

「よしわかった、さがれ！」

「ゴーラ！」

「ゴーラ！　ゴーラ！」

「イシュトヴァーン！　イシュトヴァーン！」

イシュトヴァーン率いる旗本隊約五千は、山にこだまするように喊声をあげた。

ガイルン砦を落としたイシュトヴァーンは、進軍に暇のかかる三万の軍勢に足を引っぱられることをよしとせず、五千の旗本隊を率いて先にトーラス攻めに乗り込むため街

道をひた走るところであった。

　五千の蹄が赤い煉瓦を蹴立てて通りすぎていく。ユラ山脈からローラン大森林へかけてのつながりで、このあたりはいっそう森が深い。その中を猛然と駆けぬけていく軍勢は、あたかも一頭の吠えたける巨獣のようである。

　背の高い針葉樹のあいだを大地を踏みならしながら駆けぬけて、やがてイシュトヴァーンは、トーラスを一望する高台へとたどり着いた。馬をとどめ、飛びおりて手綱をそばにに仕えのものに巻かせる。

「二ザンの間、休憩！　馬を休ませて昼食をとっとけ。このあとは一気にトーラス軍へとぶち当たるぞ」

「休憩！」

「休憩！　休憩――――！」

　列の後ろのほうへと伝達の声が響いていく。イシュトヴァーンは歩いていって路傍の倒木に足を組んで座り、「酒」と命じた。小姓がすぐさま酒の杯を運んでくる。ぐいっとあおって、イシュトヴァーンは口をぬぐい、木の間がくれに見えるトーラスを睨みつけた。

　朝から昼へと時刻が移り変わろうとするころで、透明な青い空の下に、緑の森に囲まれたトーラスが見える。ここからははっきりとは見えないが、城壁やその中心部の金蠍宮であろうと思われる場所にたなびく旗には、モンゴールの紋章が誇らしげに縫い込まれているのだろう。

かつて歓声に迎えられて入っていったこともある石の都市は、いまや完全にイシュトヴァーンにそむき、軍隊と弓矢で武装して不機嫌な獣のようにうずくまっている。これまでにも、何度かあの都がひそめている悪意を、暗殺計画や襲撃などで味わわされたことのあるトーラスだが、こうやって完全に敵として見下ろしてみると、その石造りの建物、周囲に広がる住民たちの住居、そういったものが、いかにもきたならしいものに思われてくる。

(俺のイシュタールはあんなんじゃねえぞ……どっからどこまでも俺のもんで、まっ白で綺麗で、汚い、うざってえぼろ家なんかどこにもくっつかせちゃいねえんだ)

しかもあそこに捕らえられているのは自分の息子ではない。どこからか、代わりに連れてこられた身代わりの子供だという。

本物のドリアンがどこへ連れていかれたのかということには、イシュトヴァーンは興味はなかった。むしろ自分の目の届かない場所で勝手に大きくなっていてくれれば万歳だという気がする。それに自分の実の子供であれば、もし手にかければ非情の父親、子殺しの王という悪名がまた一つイシュトヴァーンの王冠につけ加えられるだろうが、もし贋者ということであれば、贋者を立ててゴーラ王の地位を僭称させようとした反乱軍の方に罪があるとされるだろう。

（問題は、どうやって贋者だって証明するかだよな）

長いあいだ顔も見ていないので、外見から贋者と断定することはできない。とらえた反乱軍の頭領を拷問でもして、贋者をでっちあげたと吐かせるのが早道だろうが、そのためには、首謀者たちの誰かを生かしてとらえなければならないわけだ。

（めんどくせえなあ……全員ぶった切って、ぶち殺して城壁に吊してやるのが一番手っ取り早いんだが。それか、トーラスごと火をつけて燃やし尽くしてやるか……ああ、そいつはいいかもしんねえなあ。俺はもともとあの街が大嫌いだったんだ。なくなってくれりゃせいせいする）

そんなぶっそうなことをイシュトヴァーンが考えているとは知らず、率いてきた軍はそれぞれに食事をとり、言葉少なに馬の手入れをしたり剣やよろいの点検をしたりしている。イシュトヴァーンの目は昏く沈み、うかつに話しかけられることを拒否するかのようにひとり沈黙の中にはまりこんでいた。

「おい」

ふと、イシュトヴァーンが呼びかけた。「はっ」と答えて小姓がすぐに駆け寄る。

「リー・ムーを呼んでこい。あいつは俺とそんなに体つきが変わらなかったな？」

「は？　はい。そう承知しておりますが」

それきりイシュトヴァーンはなんの説明もしない。いぶかしがりながらリー・ムーがやってくると、すぐに、

「装備をそろえて、そこへ脱げ」と命令した。

「それで俺の装備を着るんだ、早くしろ。今、俺も脱ぐ」

「へ、陛下の影武者ってことですか」

「そうだ。なかなか飲み込みがいいぞ、おまえ」

イシュトヴァーンはにやりとして、よろい紐を解いて胸当てを地面に落とした。

「それからな、部隊を二千と三千とに分けさせろ。二千は、俺について来い。三千は、俺の格好をしたリー・ムーについてそのまま奴らにぶつかれ。そうだな、俺についてくるのは俺の親衛隊と、あとルアー騎士団の第一大隊だ。残りはリー・ムーについて行け。俺は二千を連れてさらに先行する」

「はさみうちにするんですね！」

リー・ムーの顔がいきいきとしてきた。

「ああそうだ、だが、こいつはおまえが早々に崩れちまっちゃ元も子もねえ話だぞ」

イシュトヴァーンはリー・ムーの背中を強くどやしつけた。

「せいぜい俺の振りをしてうんと暴れてやれ。その間に俺は横から回り込んで、油断してる奴らのどてっ腹に風穴開けてやる。いいな」

「はいっ」

「こいつがうまくいくかどうかは、おまえがうまいこと俺の振りして暴れ回っていられるかによるんだぜ。そこんとこ、忘れんじゃねえぞ」

「わかりましたっ」

軍装を解いてよろい下一つになったリー・ムーは、多少畏れ多そうな顔をしながらイシュトヴァーンが脱ぎすてたゴーラの司令官のよろいに手を通し始めた。

「おい、俺のよろいを持ってこい」とイシュトヴァーンは命じた。

「リー・ムーのをそのまま着てもいいがな、こいつはちょいと俺にはたけが短すぎるようだ。誰か早いとこ、俺に合いそうな一般兵のよろいを探して持ってこい。多少汚れてたってかまわねえ、どうせ、すぐに血まみれになるんだからな」

イシュトヴァーンは笑った。傷のあるほうの頬に引きつりが走り、なんとも危険な印象の笑みになった。

四方八方に部下たちが駆けだしていく。その中でイシュトヴァーンは、胸の前で手を組み、彼にしては久方ぶりに浮かべる、不敵な笑みに唇をゆがめていたのである。

「イシュトヴァーンの部隊がこちらへ向かっているだと？」

同じころ、トーラスに陣を構えるアリオンはじめ反乱軍の一同は、もたらされた一報に早くも浮き足立ち気味だった。

　ガイルン砦が落ちたことはすでに報告を受けていたが、そこからイシュトヴァーンが精鋭隊を率いて先行しているという報告がつづけて入った折には、司令室に顔をそろえた将官たちは動揺して目と目とを見交わさずにはおれなかった。

「イシュトヴァーンの得意の戦法だ。少数の精鋭を率いて大軍を攪乱し、後続の軍でとどめをさす」

「だがそれはあくまで奇襲が効いたときのことだろう。今われわれは三万の兵を擁し、こうしてイシュトヴァーン来撃の報も受けとっている。奇襲でないイシュトヴァーン軍などたんなる小勢にすぎない。貴君は少々恐れすぎではないか」

「だが相手はイシュトヴァーンだ。あの男の戦いぶりはみな知っているだろう。イシュトヴァーンの恐ろしさは奇襲や詭計にあるのではない、あのイシュトヴァーンそのものが恐ろしい要素となり得るのだ。戦いの鬼神と化したときの奴が、どれほど恐ろしいか忘れたのか」

「だが、それでもわれらは勝たなければならん」

　首を振って、アリオンはきっぱりと言った。

「私の二万を街道上に展開して、イシュトヴァーンの機先を制しよう。いくらなんでも四倍の相手にはイシュトヴァーンも無茶はできまい。マルス殿は残りの一万をまとめて金蠍宮の守りに。万が一私の軍が突破され、トーラスに侵入された折りに、金蠍宮を守り切れるように願いたい」

「アリオン殿……」

「むろん、私とてむざむざと破らせるわけもない」

アリオンはいくぶん青ざめた顔で笑った。

「これでも誉れあるモンゴール正規兵の一員だ。成り上がりの盗賊ふぜいにそう簡単に打ち破られるわけにはいかん。アムネリスさまの御遺志を引き継いだわれらモンゴール勢の力、見せつけてやるぞ」

「おう！　モンゴール！」

「モンゴール！」

やがてトーラスの東西を固めていた軍隊は動き出し、それぞれ二万と一万とに分かれてそれぞれに配置についた。アリオン伯に率いられたモンゴール兵二万はイシュトヴァーンが攻め上がってくる街道をふさぐようにトーラスを背後に展開し、アレクサンドロスの戦術書にいう〈白鶴の陣〉をとってイシュトヴァーンの先遣隊を待ち受けた。すなわち街道を頂点にして八の字をひらくようにして陣を張り、イシュトヴァーンが進撃してきたならば左右から包み込んで撃滅することができるように仕向けたのである。

マルスが率いる残り一万はトーラスに入り、東西の門の内側と金蠍宮の周囲を固めた。

トーラスに入ってこられれば終わりだという認識は誰の胸にもあったが、今それを口に出して言える者は誰もいなかった。猛烈な速度で街道をやってくるイシュトヴァーンをどう迎え撃つか、そのことだけに意識は集中していた。本来ならば五千ほどの小勢を率いた一隊など二万のアリオンの軍勢があれば恐れることはないというべきであったが、それだけ、イシュトヴァーンという存在が彼らに与える恐怖は大きかったのである。

雲が速く流れていた。ノスフェラスから来る風が強く吹き、雲の塊を目まぐるしく押し流していく。太陽は雲の切れ間から不安げに顔を覗かせ、粛々と動いてゆく軍勢をちらちらと照らし出す。トーラスの周辺を少しはなれると、もうそこはうっそうと茂った森の中である。トーラスを囲む背の高い針葉樹林はざわざわと身を揺すり、迫り来る嵐におびえるようなさまでどうどうと波打つかに見えた。

やがて街道の果てにもうもうと立つ土埃が見えてきた。少しずつ地を揺るがす蹄の音が近くなってくる。やがてそれは耳を聾する響きに変わり、赤い街道の煉瓦を踏みならして大波のように騎馬の群れがやってくる。その先頭に、白いマントをなびかせ、白ずくめの軍装に身を固めた姿がある。

「弓かまえ！　放てーっ！」

ぎりぎりと引き絞った弓が次々と放たれる。イシュトヴァーン側は走りながら馬の首に身体をあずけ、いっせいに盾を頭の上にかかげて矢を避ける。中には運悪く馬の尻に当たって馬が暴れ出したり、鱗のようにそろった盾をかいくぐって飛んだ矢に頭を射られて悲鳴とともに落馬する者もいるが、全体としては数えるほどでしかない。

「イシュトヴァーン！」

「イシュトヴァーン！」

喊声が交錯して響きわたる。先頭に立つ白いよろいの一騎が、大剣を抜いた。

「抜刀！」

「抜刀！」

ずらりと引き抜かれた剣がいっせいに宙にかかげられた。

「突撃！」

「突撃ーっ！」

イシュトヴァーン軍の先頭とアリオン軍の先頭がぶつかった。

たちまちあたりは剣戟と怒号と悲鳴、よろいのぶつかる音で満たされた。アリオン軍の真正面からまともに駆け入ってきたイシュトヴァーン軍は、そのままがむしゃらに奥へと切り進み、四方八方切り立てて食いこんでいこうとする。

「イシュトヴァーン！　イシュトヴァーン！」

「ゴーラ、ゴーラ！」

「モンゴール！　モンゴール！」

それぞれのあげる声が入り乱れ、吹き飛ぶ首、手足、どさりと馬から落ちる身体や、それをあっという間に踏みにじっていく馬蹄、悲鳴や雄叫びが入りまじって、みるみるうちにあたりを血と人体の泥濘に変えていく。

　しぶく血が霧となって空中に散り、両者のよろいがみるみる血色に塗り替えられていく。ぶつかる剣と剣とが火花を散らし、むきだされた目が目と合ってたがいの急所をねらう。落馬した者が剣を持って馬の脚をなぎ払い、同じように馬から落ちた相手に覆いかぶさっていく。喉首をねらって突き降ろされる剣を必死に避けているあいだに、逆に今度は、上に被さった者が馬上からの一撃を受けて跳ね飛ばされ、地に転がる。

　アリオンは小高い丘に立てた幕舎からこの様子を見ていた。モンゴールの赤、青、黒のよろいに、ゴーラの金と黄色のよろいが混じり合って戦場全体が蠢《うごめ》き回る色とりどりの蟻の巣のようになっている。

「右翼、左翼、前進せよ！　敵を囲い込んで殲滅するのだ！」

「閣下」

　そばへ寄ってきた副将のジェナスに、アリオンは顔を向けた。

「なにか、妙です」

「なんだと。何が妙だ」

「イシュトヴァーン軍の——精鋭の戦い方が、妙におかしいのです」

「妙におかしい、とは、どういうことだ」

「イシュトヴァーンの白いよろいは確かに先頭にあるのですが――なんとなく、勢いがちがいます。同じように兵どもは『イシュトヴァーン！　イシュトヴァーン！』と声をあげつづけているし、イシュトヴァーンも猛然と突進し、兵の密集しているところに切り込んでは四方八方切りまくっているのですが――どうも、その、話に聞いていたような鬼気というか、覇気がないような気がするのです」

「イシュトヴァーンの？」

「確かに勇猛は勇猛です――話に聞いていたとおりの勇猛な軍隊だと感じます。しかし、イシュトヴァーンという武将は、むしろこの程度のものなのかと――」

「待て。見てみよう」

　アリオンはジェナスを連れて丘の上に登った。眼下には蟻の群れのようにごちゃごちゃと絡まりあっている乱戦の様子が見える。遠めがねを構えて、アリオンはじっくりと戦場を眺めた。

「ふむ――」

「いかがでしょうか。イシュトヴァーン王の白いよろい――よろいは確かに確認できるのですが、あの、あたりに黒山のように人だかりを寄せているか、でなくば、そこだけぽっかりと広場のように空いているかという、特徴的な動きがありません。これは、もしかして――」

「――イシュトヴァーンが、あの軍勢の中にいないというのか？」

「そういうこともありうるかと、言っていいと思うのです」

「だが――だが、それなら、どこへ行った。まさか二手に分かれて、こちらを背後から突くつもりなのではなかろうな」

「それは、わかりませんが――まだはっきりと、イシュトヴァーンがいないと決まったものでもございませんし」

「まあ、こちらは二万の軍を備えているのだ、そう簡単に切り破られるとも思えんが――」

アリオンがそう言いかけたとき、戦場の左翼の方からわっと声が上がった。

「どうした！」

「あ、新手です！　ゴーラ軍のよろいに身を固めた一隊が、左翼のユン・チアン隊と戦闘状態に入りました！」

「なんだと――」

アリオンはあわててそちらへ遠めがねを向ける。その目がぐるりと戦場を見渡し、そして大きく見開かれた。

「イシュトヴァーン！」

その先頭には、かぶとをぬぎ、黒い髪を長くなびかせて、黒い目をきらきらと輝かせた軍神イシュトヴァーンの姿があったのである。

「イシュトヴァーンめ、横からこの陣を崩しに来たか！」

トウトウ、トウトウ、トウトウ——

戦太鼓が鳴り響き、それまでアリオン軍と真正面から斬り合っていた一軍はまるで一隊の生き物であるかのように向きを変えた。武将が兵をとりまとめ、見事な引き際を見せて後方に退いていく、そこを、崩れた左翼の隙間から、切り込んできたイシュトヴァーンが一気に切り立てて活路を開く。

「イシュトヴァーン！　イシュトヴァーン！」

「イシュトヴァーン！　イシュトヴァーン！」

すばやくイシュトヴァーンのもとに集結した軍は、みるみるうちにイシュトヴァーンを先頭にした鏃《やじり》の陣形をとって左翼を切り離すように横切っていって、森林の中にさっと散っていった。

「追いますか」

「いや……待て、追うな。追うな」

歯ぎしりしながらアリオンは遠めがねを目から離して吐息をついた。

「あれはイシュトヴァーンの先遣隊だ。ガイルン砦の後始末をつけた残りの本隊がやってくるまで、あと一、二日というところだろう。それまでの間に無駄にこちらの数を減らしたくない。陣形を変えろ、かぶとの陣だ。どうせイシュトヴァーンは奇襲をくり返してこちらをつつく腹だろうが、いちいちそれに相手をしていてはあとから来る本隊に対処しきれなくなる」

「はっ」

ジェナスは一礼してすばやく下がっていった。アリオンは森の中に消えたイシュトヴァーン軍を遠く見はるかして、忌々しげに唾を吐き捨てた。


「おい、被害はどんなもんだ」

森の中に馬を集めて、イシュトヴァーンはかぶとをぬいだリー・ムーとむかいあっていた。どちらも激しい戦いでよろいは真紅に染まり、特にイシュトヴァーンは、髪の毛から血を浴びたようにべっとりとなっている。

「死者六十六名、重傷者八十七名、軽傷者が百七十名です」

「よし。さすがは、俺のきたえた部隊だぞ。相手はだいぶんキズついたようか」

「戦いの中ですからしかとは数えきれませんが、まず、陛下のご活躍もあって千五百は倒したか使い物にならぬかしたかと」

「千五百か。できればもうちょっとくらわしておきたかったんだがな。本隊はどうしてる」

「さらなる奇襲を警戒したのか、かぶとの陣形をとりまして本陣を守る様子です。トーラスへの街道をふさぐ形になっているのは変わりませんので、本隊を攻めるのはあすの朝以降になるかと」

「そうか――こっちを追ってきてるうちの本隊はどうだ？　いつまでもガイルンでぐずぐずしてんじゃねえぞって言ってきてあるが」

「先ほど戻ってきた伝令の報告では、前線到着はあすの夜明けごろになるだろうということです。陛下の先駆けに後れをとらぬようせいいっぱい速度を上げておりますが、馬や兵の疲労を考えるとそのくらいになるとのことで」

「ち、めんどくせえな。まあいいや。本隊が到着してからが本式のいくさだ。てめえら、おたおたすんじゃねえぞ」

「こころえております！」

（夜襲は――どうすっかな。あいつらもともとモンゴール軍だから、俺のいくさの仕方はよく知ってやがる――腹立つことだが――三万からの俺の兵がぶつかってかんたんに崩れるような奴らじゃねえ――そんな歯ごたえのねえこっちゃつまらねえ――指揮官は誰だか知らねえが、おおかたモンゴールの生き残りの誰か――アリオンか、ハラスか、マルスか、そんなあたりだろう。どいつもこいつも俺にとっちゃへでもねえ相手だが、モ

ンゴールへの忠誠ってやつに燃えてやがるのがちょいと憂鬱だな）

「あの、陛下」

「なんだ？」

「ドリアン殿下のことはどうなさるおつもりで？」

リー・ムーにとっては、形の上で叛逆者にかつがれていることになっている王子をどうするのかという点をそうとう思いきってきいたのだが、イシュトヴァーンはあっさりと、

「ああ、あれは、贋者だ」

と言い捨てた。リー・ムーはじめ周囲のものは顔を見合わせ、あわてて、

「に、贋者とは、なんの根拠があって言われることですか。ドリアン殿下はモンゴールの血を引く公子でもありますがまちがいなくわがゴーラにとっても王太子、そのドリアン殿下が贋者だということになりますと、きゃつら反乱軍のかかげておりますモンゴール公家の血のことも含めて、たいへんな問題になりかねませんが」

「さようです。贋者とおっしゃるのであれば、反乱軍がわが軍にとり人質として盾にしているという点も無効になってしまいます。いったい、どういう根拠があってあちらに囚われている王子殿下を贋者とおっしゃるのですか」

「うるせえなあ。贋者とわかったから、贋者なんだよ」

　ここで、アルド・ナリスやその魔道師のことを明らかにすると話がややこしくなる。イシュトヴァーンは声を荒らげて、

「俺が贋者って言ったら、贋者なんだよ。あいつら反乱軍は、贋者をかかげてモンゴール独立だのゴーラの王座だのとほざいてやがるんだ。それだけでも全員ひっとらまえて車裂きの、八つ裂きの死刑にしてやりたいところだぜ」

「俺は——私は、その、先行された陛下が、トーラスを襲って王子を救出されるおつもりかと思っていたんです」

　リー・ムーが、おそるおそる言った。

「何だとぉ」

「われわれに目を引きつけさせておいて、トーラスに乗り込み、先に王子を奪取するおつもりかと、てっきり……そうすれば、反乱軍と戦うにも苦労がなくなりますし、王子を救出してしまえば、やつらが押し立てる旗にも名目がなくなるってことで……」

　みるみるうちに険悪になってくるイシュトヴァーンの顔に押されて、リー・ムーの言葉は口の中で力なく消えた。

「なんだそりゃ。てめえごときが俺の胸のうちを勝手に推しはかってんじゃねえぞ。だいたい、贋者のガキごときを俺がなんで救出しなきゃなんねえ。俺はただ、早いとこ戦いたくて、やつらの力を量りたくて先駆けしただけだ。それのどこがいけねえ」

「い、いえ、その……」

リー・ムーの顔には、イシュトヴァーンへの畏怖と恐怖とのそれぞれが半々に入りまじってうかんでいた。

「その……万が一もし、王子が本物であったらと……王子は父君の助けを待っておられるでしょうし……何よりも、父子あいうつという悲劇を避けることもできましょうが」

「父子あいうつなんてことを俺の前でいうんじゃねえッ」

イシュトヴァーンは怒鳴った。その場にいた一同は一気に背中に電流をながされたようにびりびりっと震えあがった。

「いいか。俺はあいつの親かもしれねえ。だがそもそも敵にかっさらわれて旗印に持ち上げられるなんてへまをやらかしたところで、もう俺の息子の資格はねえんだよ。人質にとられようがどうしようが、そんなのこっちの知ったことか。俺は俺の邪魔をするやつを許さねえ。たとえそいつが息子でもだ。敵になんぞつかまりやがった時点であいつは俺の邪魔になってるんだ。邪魔になってるやつをなぜ助ける必要がある」

「は、はあ、申しわけございません」

「やつらがドリアンを人質にたててきても俺はひかねえぞ。ありゃ贋者なんだからな。本物だってひかねえけどな、俺は。俺に逆らうやつはどんなやつだって、なにがあったって許しゃしねえんだ。やつらは俺のゴーラを奪おうとした。そいつは俺にはけっして許せねえことなんだ。俺のゴーラをな」

リー・ムーはじめ隊長たちはすっかりしんとしてしまって、怒りに青ざめたイシュトヴァーンの前に萎縮するばかりだった。

敵陣に囚われているドリアン王子が贋者だという話を、誰もが信じるわけもなかった。彼らが戦慄したのは、自分の息子を贋者だと言い捨て、たとえ本物であっても邪魔者として斬り捨てるというイシュトヴァーンの苛烈さだった。むしろ、ここまできて急に王子を贋物だと言い出すこと自体、王子をあとくされなく始末できるようにということではなかろうかという気持ちが誰の胸にも流れ、戦神として仰ぎみるばかりだったイシュトヴァーンのうちに秘められた強烈な憤怒と冷酷さを思い知らされた気がして、誰もが寒気を禁じ得なかったのだ。

「まあ。そんな顔、すんなよ」

ふいににっと顔を笑み崩れさせて、イシュトヴァーンはリー・ムーの背をたたいた。

「まだいくさは始まったばっかしなんだぜ。俺の息子がどうだろうが、本物だろうが贋者だろうが、問題になってくるのはもっとあとのことだろ。なーに、俺たちが勝って、本物であれ贋者であれガキを手に入れりゃすむこった。なにも思い悩むようなこっちゃねえ。そうだろうが」

「は、はい……」

リー・ムーは力なく答えたが、この太陽のような常勝の王がもつ、戦場で見せるのとはまた別種の狂気と冷酷を見た気がして顔色が冴えなかった。イシュトヴァーンは頬を引きつらせたリー・ムーを力づけるようにもう一つ背中を叩くと、「よーし、休憩、休憩だ！」と声を張った。

「負傷者をこっちへ連れてきて手当てしてやれ。今日はもう、戦いはなしだ。相手の力量も測れたしな。明朝、こっちの本隊がつくのにあわせて、こっちも出立する。それまで英気を養っとけ。明日は、また長いぞ」

2

その夜は平穏無事に過ぎた。アリオン軍側は一晩中かがり火を焚き、歩哨を立てて夜襲を警戒したが、イシュトヴァーンが出てくることはなかった。翌朝の本隊の到着に向けて、負傷者を手当てし、体力の回復を図っているらしかった。

やがて夜が明けた。東の空がうっすらと白くなり始め、あたりに白く朝もやが漂いはじめた。草の葉から露がこぼれ落ち、地面を濡らす。すみれ色に変わった空からは徐々に星の輝きが消えていき、やがて、輝かしい太陽が山の端から顔を出した。

その光のもとにざっざっと進んでくる一大隊があった。金と黄のよろいに身を固め、先頭にイリス騎士団一個大隊をたてたゴーラ軍本隊であった。ガイルン砦を破った疲れも見せずに、粛々と街道を進軍してくる。赤い街道をうろこを光らせる蛇のようにうねってきた大部隊は、アリオン軍の前線から五百タッドほどのところで動きを止め、そこに陣を敷いた。

「おまえら、準備はいいか」

合流したイシュトヴァーンは兵たちの中を馬を走らせながら見て回った。よろいは元通りゴーラ王の白いものに戻し、威風堂々と騎士たちを連れて視察に回る。行く先々で兵たちはぴんと立ち上がり、あるいは膝を折って深く頭を垂れ、王に対する礼をとった。

「おう、おまえら、元気か！　ガイルン攻めの疲れは残ってねえだろうな？　こっから先が本番だぞ！」

「もちろんです、陛下！」

「俺たちみんな、イシュトヴァーン陛下についていきます！」

「イシュトヴァーン！　イシュトヴァーン！」

ゆっくりと馬を歩ませていくイシュトヴァーンの行く先どこでも、快活な叫びと「イシュトヴァーン！」の歓呼が起こった。それはアリオン軍側にも遠くこだまして響いていくかのようだった。かたく盾を備え、朝の光の中でうずくまっているアリオン軍の中でも、敵軍本隊の到着を受けて、忙しい動きが起こっている最中だった。

「ジェナス隊を前衛として前に出せ」

アリオンは本陣を構えた天幕の中で息を殺していた。折りたたみ式の卓にはトーラス周辺の地図が広げられ、各部隊を示した駒が配置されている。

「リノン隊はその後ろについて布陣を固めよ。ドルス、ファイス各隊は左翼に広がって守備をとれ。エンズ、タイタス隊は右翼だ。おそらく今度はイシュトヴァーンは小細工をせず、真っ正面からかかってくるだろう。こちらも全力で受け止める覚悟がいる。みな、死力を尽くして戦ってもらいたい」

「はっ」

顔をそろえた諸将は、みな蒼白くそそけ立ったような表情をしていた。数に関しては、敵軍のほうが一万勝る。その上、イシュトヴァーンが今度は本気を出して切り込んでくる。もはや昨夜のような、一瞬の奇襲とはわけがちがうのだ。

「いいか、イシュトヴァーンだ。イシュトヴァーンさえ倒せば、ゴーラ軍の意気は落ちる。イシュトヴァーンだ、イシュトヴァーンをねらえ。イシュトヴァーンはアムネリスさまの仇であると同時に、王であるという以上にゴーラ軍の心臓だ。イシュトヴァーンさえいなければ、こちらの勝利は目に見えている」

そう声を振り絞るアリオンに、はかばかしい答えは返らなかった。みな、イシュトヴァーンを倒すということがどれだけ困難か、骨の髄までわかっていたのだ。戦いに狂奔したとき、イシュトヴァーンはまさに戦いの神ルアーの化身と化す。あるいは死神そのものの具現に。その剣の届く場所まで近づけばたちまち首が飛び、腕が飛び、胴が分かれ、鮮血の中に沈むことになるのだ。イシュトヴァーンは単に強いのではない、その凶暴さ、冷酷さ、殺人機械と化したときの恐ろしさは、モンゴールの諸将はかつて味方として多かれ少なかれ目にしている。今それを敵に回して討ち取るということは、記憶の中の修羅と対峙せよと言われているのと同様だった。修羅そのもののイシュトヴァーンを知っていればいるほど、あのような戦士に自分たち平凡な人間の剣が届くものなのかという恐怖がわきあがってくる。昨晩の奇襲では二千名近い死傷者を出し、それもまた軍内に衝撃を及ぼしていた。少数の部隊、短い一戦でそれだけの被害をこちらに与えるのだと、イシュトヴァーンがこちらに知らしめたからだ。

「斥候の報告はどうだ。相手の陣はどうだ」

「はっ、あちらは雁行の陣を張り、左右の翼を少し後ろに下げて、先頭にイリス騎士団の第一大隊をあげ、その先頭に、イシュトヴァーン王の姿ありとのことです。おそらく本戦においても、先頭に立って突っ込んでくる腹かと」

「なめおって」

アリオンは唇をかみしめた。それはすなわち、昨夜の奇襲でイシュトヴァーンがこちら方を言う甲斐なし、手取りやすい相手と見切ったことを意味する。

「よいか、奴をトーラスに近づけてはならん。モンゴール武士の名誉にかけて、ここできゃつを食い止めるのだ。ドリアン王子をきゃつのごとき人鬼の手に渡してはならぬ。ただ一人のモンゴールの正統なるお世継ぎ、なんとしても守り抜くのだ」

「承知いたしました」

「命に代えましても！」

軍議が終わって、諸将がばらばらと天幕をぬけていく。一人残されたアリオンは卓上の地図を睨みつけて、ふいにひどい疲労感を覚えた。今ここに集まっていたうちのどれだけが、夕方までに冷たいむくろとなって地面に転がっていることだろう。二万の数はそろえたが、ほとんどはまだ若い兵士ばかりで、訓練の行き届いていないところも多い。その上、指揮官たちも若い。黒竜戦役でほとんどの武将を失ったモンゴールにとっては仕方のないことだったが、とにかく兵士と指揮官に経験が足らず、しかも、相手にするのは死神イシュトヴァーンが率いるゴーラ正規軍三万。どれだけ言葉であおり立てても、実際の兵の力量に開きがあるのはどうしようもない。

（イシュトヴァーン……）

かつてはアリオン自身もその下で戦ったことがある。その時はただひたすらに敵を切り倒し、戦場を駆けぬけていくさまをすさまじいとは思いこそすれ、恐ろしいとは思わなかったが、今はその記憶の姿がしんそこ恐ろしい。

（のまれてはならぬ。イシュトヴァーンごとき何するものぞ。われらはモンゴールの名誉を背負った者たちなるぞ……）

だがそう、いかに言いきかせても黒山のごとき兵士の中を駆けぬけ、頭からどっぷりと血に浸ったような姿で戻ってきたイシュトヴァーンのことを思いだすと、腹の底が空洞になるような気がする。

自分もまた夕暮れにはこの野にかばねをさらす一人かもしれぬ。そう考えて、アリオンはこれまで戦いの前にかつて覚えたことのない悪寒を感じた。たんに生死というだけではない、それは、血と魂をすする悪鬼の軍に自分がこれからかかろうとしているかのような、異様な感覚だった。

太陽はしだいに中天にのぼり、空は青く澄んだ。よい天気で、あたりの下草は緑に冴え、風が針葉樹の梢をざわざわと吹いてすぎる。どこかで小鳥が鳴いているが、それも、しんと静まりかえった戦い前の両軍の緊張を破ることはない。

木々に遊んでいた小鳥の群れが、ふと何に驚いたのか、ざざあっと飛び立ったその時

――

「進撃ーッ！」

「かかれ、かかれ！　やつらにゴーラの力を見せてやれ！」

「ゴーラ、ゴーラ！」

「イシュトヴァーン、イシュトヴァーン！」

ゴーラ軍三万の精鋭は、白い軍神に導かれていっせいにアリオン率いる反乱軍に突進した。

むろんアリオン軍の方も傍観してはいない。「モンゴール！　モンゴール！」との雄

叫びと共に先頭のジェナス隊が突進し、ゴーラ軍の先鋒と激突する。たちまち鋼のぶつかる激しい音と、馬のいななき、ひづめの音などが荒々しく沸き起こる。

先頭に立ったイシュトヴァーンはまっしぐらに敵に切り込んだ。あとにつづくのは昨夜一晩休んで元気を回復した旗本隊五千である。それに団長スー・リン率いるイリス騎士団二個大隊が続く。さらに副将のリー・ムーが率いる三個大隊が右翼を固め、イラナ騎士団団長リー・ルンは三個大隊を率いて左翼を担う。はるか天上から見下ろせば、黄色く光るよろいの群れが赤や青のよろいに流れ込むように筋を引いてはいっていくところが、まるで田地に水をひくところのように見えたにちがいない。

ジェナス隊はイシュトヴァーンの突撃を真正面から受け止める羽目になった。モンゴール軍でも練度の高い、有能な兵士を集めた精鋭隊だったが、戦いに取りつかれたイシュトヴァーンに当たってはそうかんたんには押し返せない。たちまち先鋒の数十騎が血しぶきを上げ、これではならじと兵を詰めさせればまたそこに悪夢のような光景が展開される。イシュトヴァーンはふたたび早くも戦いの陶酔に浸り込み、右に左にと寄ってくる相手を当たるがさいわい切り飛ばしていた。あがる絶叫とうめき声は戦場のどよめきの中でもひときわ高く、必死に戦う兵士たちの中でもはっと身を凍らせるものがあった。

「イシュトヴァーンだ！　イシュトヴァーンがきたぞぉーっ！」

「おそれるな、モンゴールの勇士たち！　戦え！　戦え！」

　ふりかざされた剣に頭を断ち割られる者、胴を横薙ぎにされるもの、腕の一本を肩から切り飛ばされて絶叫する者——赤い街道の煉瓦はくすんだ赤から鮮血の紅へと変わり、街道の左右に広がる原野の土も、血を吸って重くじっとりとした。

「アリオン様！　先鋒が押されております。イシュトヴァーンの旗本隊が突っ込んできているようで、ジェナス隊は三分の一近くがやられております」

「後詰めからリノン隊をあげてジェナス隊の援護に当たらせろ。左右はどうだ」

「左翼ドルス隊はよく戦っています。右翼エンズ、タイタス隊は多少押し気味といっていいかもしれません。どちらもゴーラ軍騎士団を引き受けて一歩も退いておりません」

「そうか——」

　だが、ここでただ持ちこたえてもじり貧になっていくばかりだ。アリオンはひそかに唇をかんだ。二万の数は、戦えば戦うほど疲弊し、数が減っていく。いざとなれば背後に守るトーラスへ入り、籠城戦となるだろうが、イシュトヴァーン率いるゴーラの凶猛な兵士たちが、かんたんにそれを許すかどうか。

　ここまで考えて、アリオンはすでに負けたときのことを考えている自分に気づき、強く頭を振った。考えてはならない。自分たちは勝つのだ。勝たなければならない。でなければ黄泉のアムネリス大公に申しわけが立たぬ。身代わりの公子をたててまで、ゴーラの王座を主張したというのに、ここで潰されれば、イシュトヴァーンは残ったモンゴールに関わるすべてのものを潰しにかかってくるだろう。それだけは、なんとしても避けなければならない。

イシュトヴァーン側も負けてはいなかった。三つ矢の陣にじりじりと陣を組み替え、それぞれ鏃型のかたちに兵をととのえる。そのまま、鏃が板を突き破るようにアリオン軍の布陣めがけて突貫を開始した。

アリオン軍は陣を折りたたみ、三重の陣を取ることによってこれに応えた。兵士の列を厚く並べ、するどく突き出されるイシュトヴァーン軍のきっさきを受け止めるかまえである。いたでを受けたジェナス隊に代わって、ファイス隊、タイタス隊が両翼から押し寄せる。

はげしい剣の閃きと、喚声と、悲鳴と。しだいに光の強くなってくる赤い街道の上で、渦を巻くように人間たちが蠢きつづけている。渦を巻き、ぱっと離れ、またくっつきと四分五裂しながらぶつかり合うそのさまは、いかにも虫の群れの蠢くさまに似ていたが、そのような感慨を持つだけの目は、また余裕も、いずれの軍にものこされていない。

まだ夜明けから二ザンとたっていない。朝のさわやかな風は濃い血臭にそめかえられ、飛びちる血に下草が鮮やかな赤に染め変えられる。

崩壊の報せはやはりイシュトヴァーンのいる場所からもたらされた。

「ジェナス閣下、討ち死に！　討ち死になさいました！」

　アリオンははっと顔を上げた。その顔がみるみる蒼白くなる。

「ジェナスが――」

「軍はそのままリノン隊指揮下にはいって戦いをつづけておりますが、イシュトヴァーン隊の攻め立てはげしく、陣を維持することができません！」

「左翼、ファイス隊、破れました！」

　続いて駆け込んできた伝令が膝をつく。

「ファイス閣下は兵をとりまとめて陣を建て直そうとなさっておりますが、ゴーラ軍の攻め手に取り囲まれて身動きとれぬ状態です！」

「エンズ隊、タイタス隊、正面の支えにまわれ！」

　ふるえかける声をはげまして、アリオンは声を張った。

「左翼、ドルス隊に伝令をとばして、ファイス隊の援護につけと伝えさせろ。ドルス隊麾下の一個大隊をファイス隊につけて、陣を立て直せ」

「りょ、了解いたしました！」

　ばたばたと伝令が駆けていく。その後に、入れ替わるようにしてまた、

「正面、崩れました！」

　との、より恐ろしい情報がもたらされた。

「エンズ隊、タイタス隊の助け間に合わず、イシュトヴァーン一騎で先行し、修羅のごとく戦い回っております！　わが方の兵も必死に応戦してはおりますが、まるで、おもても向けられぬほどの荒れ狂いようで」

「くそっ！」

アリオンは思わず卓の上の地図にこぶしを叩きつけていた。

イシュトヴァーン、イシュトヴァーンだ。ぎりぎりとアリオンは歯を食いしばった。主君たるアムネリス大公を裏切って死に追いやり、その上でゴーラ王を称するあの男。あの男がすべての根源なのだ。一度はモンゴールの英雄と呼ばれておきながら、そのすべてを裏切った、あの男が。

前方から聞こえる戦いの音がしだいに近くなり始めていた。悲鳴や馬のいななき、剣のぶつかる音、なにかの倒れる鈍い音、それらが、少しずつではあるが着実に本陣へと近づいてくる。

「アリオン閣下、ゴーラ軍が迫っております。後方へお下がりを」

「ばかな！　下がれるものか、敵を目の前にして何を」

反射的にアリオンは言い返したが、モンゴール軍の兵士の力が劣っているとは思わない。だが、相手にしているのはもはや人間ではない、鬼神なのだとアリオンはなかばもうろうとした頭で思った。

「イシュトヴァーンはまっすぐに本陣めがけて進んできております。アリオン閣下を失えば、わが方にとっては大きな痛手となります。そのことは、ご自分でもわかっておいでてでしょう」

「む……」

あまり多くないモンゴール武将の中でも、指揮を執れるほどのものはそのまた数が少ない。黒竜戦役以前からモンゴールに在するアリオンは、今では重要な存在なのだ。若かったり、経験が少なかったりする兵士たちをまとめて戦わせることができるのは、アリオンのほか数えるほどしかいない。

「……わかった。本陣とともに、陣をトーラス側へ二モータッド下げよう。同時にファイス隊とタイタス隊のそなえを厚くさせて前面に押し出せ。イシュトヴァーンとて永遠に戦っていられるわけではあるまい。人間である以上、いつかは疲れ、怪我もするはずだ」

「はっ」

モンゴール軍は戦いながらじりじりと陣を下げていき、トーラスにより近いあたりに陣を構え直した。

（いざとなれば、トーラスに入って籠城戦を——）

そう考えていることはイシュトヴァーンも承知の上だろう。籠城の軍が増えないように、ここでの戦いは殲滅戦にかかってくるにちがいない。アリオンは怒りと悪寒が同時に背筋を駆けのぼるのを覚えた。

「左翼、ファイス殿、戦死！」

「ドルス隊、浮き足立っております。当方の後退が伝わり、こちら方の不利が知られたようで、ドルス殿が必死にとりまとめておられますが、崩れかけております」

「エンズ殿、重傷を負われました！　兵士にかつがれて後方へ下がられていますが、指揮を執ることはもうできなさそうです」

次々と入ってくる報告はこちらの不利を知らせるものばかりだ。アリオンは唇をかみしめ、馬の鞭を両手で握りしめながら、意味もなくへし折らんばかりに曲げていた。

いくさの阿鼻叫喚が遠く近くひびく。さしも剛毅なアリオンも、たった今、ここにイシュトヴァーンが駆け入ってきたらという想像にぞっと身を震わせ、あわてて自分を奮い起こすが、自軍の不利は取り返せるものではない。

「エルク殿、討ち死に！　兵は踏みとどまっていますがもちません！」

「ドルス殿、負傷！」

「ドルス殿、手当間に合わず、死去なさいました！」

「ええい！」

すべての鬱屈を払いのけるようにアリオンは躍り上がった。

「もうよい。俺が出る！　俺が出てこの手でイシュトヴァーンを始末してくれる！」

「な、何をおっしゃいます、そのような」

「危険です、閣下！　あのような、街道の盗賊上がりに、なにも閣下が」

「うるさい！　お前たちはアムネリス大公の遺恨を忘れたのか。イシュトヴァーンをたおさねば、もはやモンゴールは滅びたも同然、いつまでもゴーラの膝下におしひしがれ、属国とされておらねばならぬのだぞ！　生まれたお子にドリアン、悪魔の子と名付けられた大公のお心がわからぬか！　あの悪魔めの手によって、アムネリス様は——」

　せきあげる怒りに息を詰まらせて、アリオンは言葉をとぎらせた。

「し、しかし、閣下が倒れられてはドリアン様のうしろだてになるお方があまりにも！　お考えください、幼いドリアン様のうしろだては、数少ないモンゴール譜代の臣しかおられないのですぞ！」

「もし、そのうち一名でも、お命を落とされたならば——」

「われらモンゴールの命脈は、閣下の上にもかかっていることをどうぞご理解ください！」

「だがトーラスを守ってここに出てきたものを、おめおめと負けて帰れるものか！」

「今からでも遅くはありません、兵をまとめて、トーラスへ！　トーラスにはマルス小伯爵も、ハラス殿もおられます。特に選び抜いたモンゴールの精鋭一万もおります。城壁を固めて、イシュトヴァーン軍にそなえるのです！」

「む、うむ——」

アリオンが言葉に詰まったその時をねらったように、それまでよりずっと近くで、ゴーラ軍のあげる喊声が轟いた。

「イシュトヴァーン、イシュトヴァーン！」

「ゴーラ、ゴーラ！　イシュトヴァーン！」

「イシュトヴァーン！」

アリオンの手で鞭がぺきりとへし折られた。

「アリオン閣下！」

「……わかった。兵を退こう」

低い声でアリオンはいった。

「残った諸将に伝令を回せ。兵をまとめ、トーラスへと引き退く」

「閣下！」

「考えてみれば、あの死神の化身のような男を私一人で抑えられるはずもない。今は少しでも被害を抑えて、トーラスに戻ろう。トーラスに戻れば城壁もあり、金蠍宮もある……このまま一方的にやられるより、その方がいい」

「心得ました！」

「伝令！　伝令！」

　たちまち伝令が四方八方へとあわてて駆けだしていく。アリオンはいつの間にか肩で息をついていた。半折れになった鞭を握ったまま、アリオンは卓に散った駒を見下ろして暫し呆然とした。

（とめられないのか――）

　あの戦神の歩みは、とめられないのか。

　その時、わっとすぐそばで喚声が上がったかと思うと、天幕の布が乱暴に切り裂かれた。

　アリオンははっと剣をとりあげた。濃い血臭が顔を打った。左右に切り裂かれた天幕を分けて、全身真っ赤に染まった騎馬の一騎が立ちふさがっていた。

「おめェか。アリオン、下衆が」

　殺意と狂気にひらめく黒い瞳がつらぬくようにアリオンをねめつけた。

「イシュトヴァーン――」

「よくも俺にふざけたまねをしかけてくれたもんだな。ほうびにこいつをくれてやらァ、負け犬！」

「閣下！」

　悲鳴のように叫んで飛んできた騎士の頭が、イシュトヴァーンの一撃で飛んだ。

噴水のように噴き出す血でたちまち天幕は真っ赤に染まった。イシュトヴァーンの後ろから追いすがってきたモンゴール兵が、五重六重にイシュトヴァーンを取り囲む。イシュトヴァーンの口から轟くような咆哮が放たれた。四方八方に首が、腕が、胴が飛びちり、新たな血しぶきがさらにまたイシュトヴァーンを染めた。

「ハ！　ハ！　ハ！　いくらでもかかってこい、いくらでもな！」

死の旋風のようにあたりの者をなぎ倒しながら、その口からは恐ろしい哄笑が放たれた。

「俺はイシュトヴァーン、イシュトヴァーンだ！　その手にかかることを光栄に思いやがれ！　てめェらごときねずみ《トルク》が！　屑が！　ごみどもが！　ハ！　ハ！　ハ！」

「アリオン閣下、こちらへ！」

ぐいと腕を引かれて、アリオンはようやくイシュトヴァーンの前に立って剣を抜くとも、ましてや剣を合わせることもできずに立ちつくしていた自分に気づいた。部下たちの悲鳴や絶叫が渦巻く天幕の中を引っぱり出されて、一頭の馬の背中に押し上げられる。

「お逃げください、閣下。もはや陣は完全にイシュトヴァーンによって突き破られました。左右の翼も時間の問題です。この上は閣下のみなりと、トーラスへ。早く。さ、早く」

「ま、待て――」

武士として、部下を見捨ててそのようなことは――と言いかけたよりも早く、

「ひっ」

目の前に立った部下の背中が断ち割られ、赤い血がざあっとしぶく。

倒れながらも兵士は司令官を乗せた馬の尻を叩き、アリオンを乗せた馬は、血の海と化した天幕をぬけて乱戦の戦場へと駆けだしていったのである。

3

日はかたむきかけていた。斜めになった陽光が血みどろの戦場を不気味に赤く染め上げていた。空中に突き出された手がむなしく空をつかみ、瀕死の兵のあげるうめき声や傷ついた馬の悲しげないなき、弱々しく助けを求める声がざわめくようにあちこちから聞こえてくる。地面は踏み荒らされて血とはらわたで泥沼のようになり、赤い街道の端からはしたたった血がこびりついてすでにどすぐろく変わりはじめていた。

そうした中をイシュトヴァーンは抜けていった。無残な死体にも死んでゆく重傷者にも目もくれず、丘をあがって本陣のほうへと向かう。あの、恐ろしいほど真っ赤になった全身の返り血は洗い落とされ、よろいも新しいものに替えたので、死神の化身めいた例の狂気に満ちた姿ではなかったが、その目には、まだ戦いの興奮の名残めいたものが奥深くぎらついていた。

「陛下」

本陣に集ったスー・リンとリー・ルン、ウー・リーとヤン・インはじめ主立った武将がとまどいがちにイシュトヴァーンを迎えた。反乱軍のほぼ半分が壊滅し、残りの半分がトーラスめがけて退いていったあと、イシュトヴァーンは護衛も供も断って血まみれの戦場をうろついていたのだった。イシュトヴァーンの気まぐれには慣れているそば仕えの者たちでも、まだ敵の残党が残っているかもしれない戦場を一人で歩くなど危険すぎるとあわててとめたが、イシュトヴァーンは俺の言うことが聞けねえのかと一喝してひとり戦場に出ていった。そうして二ザンほども、ひとりで戦場を歩き回っていたのだ。護衛も供も断られた側近たちは気を揉みながら本陣で王の帰りを待つしかなく、ようやく午後も遅くなってその姿が見えてきたとき、人々の間にはほっとした雰囲気が流れたのである。

「こっちの被害はどうなった」

出された床几《しょうぎ》にどさりと腰をおろして、イシュトヴァーンは言った。言われない先から小姓が急いで酒の杯をはこんでくる。ほとんど見もせずに、イシュトヴァーンは杯をとってぐっと一気に飲み干した。

「死者はイリス騎士団に二千三百二十二人、イラナ騎士団に千九百五十一人であります。重傷者はそれぞれ六百十五人と五百三十人、軽傷者は現在数えておりますが、ざっとそれぞれ千名ほどでございましょうか。相手軍がほぼ半数の兵士を失ってトーラスへ退却したのを考えれば、快勝と申しあげてようございましょう」

「ばかやろう、そんなこたあ関係ねえ。俺はこいつらを全員踏みつぶすためにやってきたんだ。半分残ったんじゃしょんべんが出きらねえみたいで気分が悪いだろうが」

怒鳴りつけるように言うイシュトヴァーンの言葉にスー・リンとリー・ルンが首をすくめた。崩れたって逃げはじめた敵をどこまでも追いかけようとしたのはイシュトヴァーンだが、深追いすることで、そのままトーラスにぶつかって行くことを危惧した両騎士団団長が止めたのである。戦いの高揚に前後を忘れきっているイシュトヴァーンを止めるのは簡単なことではなく、数名の味方の騎士が傷を負いはしたが、なんとか正気に立ち返らせて連れて戻れたのは僥倖だった。それに、どのみちもうあまり斬るあいても残っていなかったのだ。

モンゴール反乱軍はゴーラ軍により真ん中を突き破られ、一気に崩れ去った。左右の翼の軍勢が必死に中央の穴をふさごうとしたが数と兵の練度には勝てず、かえって犠牲者を増やす結果になった。結局、残った約半数の反乱軍は少ない指揮官によってとりまとめられ、トーラスへ向かって退いていった。退く、というより、逃亡する、という表現が近かったかも知れない。彼らはほとんど隊列すら維持できずに、ばらばらになってほうほうのていでイシュトヴァーンの手から逃げ出していったのだ。

「トーラスを攻めるぞ」

ぐい、と持ってこさせた酒の二杯目を呑んで、イシュトヴァーンは口元を拭いた。

「ドリアンと首謀者どもがいるのはトーラスだ。トーラスを叩かなきゃこいつは終わらねえ。トーラスの金蠍宮に隠れていやがるやつらを蹴り出して、イシュタールで車裂きにかけてやる」

「重傷者はいかがいたしましょうか」

「ガイルン砦へはこんで、そこで休ませとけ」

イシュトヴァーンは酒臭い息をはいた。

「どうせ帰りにゃ、またあすこを通るんだからな。残った兵はそれぞれ大隊ごとに再編成して、トーラス進軍のふれを回せ。伝令、来い」

伝令班の者たちが集まってきて、また四方へあわただしく散っていった。

「トーラスの様子はどうだ」

「退却してきた兵を収容したのちには、よりいっそう門を固く閉じ、籠城戦の構えにはいっているようです。内部にどれほどの数の兵がいるのかは定かではありませんが、トーラスの街の大きさからして、籠城できるのはまず一万ほどかと」

「そんな程度か。へっ、どっちにしろ、俺が全部飲み尽くしてやるってのによ」

イシュトヴァーンは奇妙に顔を引きつらせて笑い、それを見た近習たちは、なんとなく背筋に寒いものを感じたようにそっと面をそむけあった。

「さあ、ぐずぐずするな。スー・リン、リー・ルン、お前らはそれぞれイリス騎士団とイラナ騎士団へ戻って兵士どもに食料をつかわせ、第二戦装にととのえさせろ。ウー・リー、ヤン・イン、お前らは旗本隊にいって俺が戻って直接命令を伝えるので待てと言え。俺はトーラスをこのままにしておく気はねえ。やつらは俺の顔に泥を塗りやがったんだ。そいつを後悔させてやるまで、追って、追って、追いつめてやるんだからな」

「おお……」

トーラスを出て、ユラ山脈へ続く低い峠をのぼっていた人々の口から、ため息のようなそんな声があがったのは翌日の昼のことだった。

「煙だ……トーラスの方から……」

「城壁の中からか？」

「いや、そうじゃない、まだ郊外の方からだ……ああ、けど、火だ、火が見える……イシュトヴァーン軍の兵隊たちも……まっしぐらにトーラスに向かっていく……」

「どうなっとるんだね、ダン」

そう尋ねたのは、アリスに手を引かれ、おぼつかない足取りで山道をよろよろと登っているゴダロだった。

「トーラスはどうなっているんだい、ダン。もう、イシュトヴァーンの軍隊が、攻め入ってきちまっているのかい」

「まだ、そうはなっていないよ、おやじ」

ダンも、不自由な足をがくつかせながら息をきらし、汗をかいていたが、その汗をぬぐって木々の間からトーラスの方向を見はるかした。

「だが、もうすぐ近くまで攻め寄せてきているみたいだ。……郊外の建物やしもたやから、火が上がっている。やつら、まず、郊外を焼き払うことに決めたらしい」

「焼き払うだって、そんな、おそろしい」

必死に脚を動かしていたオリーが泣き声を立てた。

「郊外にゃあたしの仲のいいマリサも、リリカおばばもいるってのに……みんな、うまく逃げ延びたかねえ、あたしゃ心配だよ」

「郊外のひとびとは早めに逃げ出したみたいだから大丈夫だろうよ」

粉屋のゼクが心配そうに言って、滝のように汗をかいているオリーの肩を支えた。

「それより、オリーかあさん、少しばかり休まなくて大丈夫かい。ゴダロとっつぁんも、こんなに長いこと歩いちゃ脚が持たねえだろう。アリスちゃんだって無理しちゃならねえ、ここらで少し、休憩して水でも飲んだらどうだね」

「ありがたいけど、あのおそろしい煙が見えてるあいだは、あたしゃ、とまる気にはなれないよ、ゼク」

オリーはふとった身体をちぢめてぶるぶるっとふるえた。

「今にも、あのイシュトヴァーンの兵が後ろから追っかけてきて、全員殺されちまうんじゃないかと気が気じゃないよ。あたしたち年よりはもういいけれど、子供たちのことを考えると……」

「ゼク、気をつかってくれてすまんな」

　ダンが石を乗り越えて太い息をついた。

「けど、あんたがうちの子供たちをろばに乗せてくれてるだけで本当にありがたいんだ。これ以上気をつかってくれることはないよ」

「そうかねえ。だがおたくとは長い付き合いなんだ。何かあったらいつでもいいなよ」

　ゼクが離れていくと、ダンはぐるりと首を回してうしろのほうを見た。トーラスを脱出してきた人々は十四、五人のかたまりになり、それぞれささやかな家財道具を荷車に乗せたり、背中にかついだりして長い山道をあえぎながら登ってきたところだった。

　ほぼトーラスでも最後の方まで街に残っていたひとびとだったので、その荷物も、家財道具も、悲しいほど少なかった。最後までトーラスを離れる選択ができなかったということは、みな、子供がいたり、年寄りや、病人がいたりして、身軽く街を逃げ出すことができなかったまずしい人々ということができた。

　しかし街中にも、いま燃えている郊外の家々にも、まだ残っている人間がいないとは言えなかった。どちらにせよ、あれらは、人々のささやかないとなみのよすがであり、一つ一つに、人のくらしが宿っているものだったのだ。煙を噴きあげるトーラス郊外の小さな家々を見るダンの目には、思わず熱い涙がふきこぼれてきていた。それとまだ城壁の中にある、だがいずれ蹂躙されずにはおかないだろう愛すべきわが家のことが思い重ねられて、たまらない思いがするのだった。

「イシュトヴァーン軍……」

ダンは呟いた。それが憎いのかどうか、彼にはもうわからなかった。人々のささやかなくらしをとつぜん巻き込んだ争いは、モンゴールの独立という名のもとに行われた、ふるさとのための争いのはずだった。だがその争いが結局は故郷を焼き、住み慣れた家を焼いて故郷を奪おうとしている。かつて、モンゴール将軍だったときのイシュトヴァーンの姿が、幻のようにダンの脳裏に浮かんだ。白いよろいとマントに身を固め、アムネリス大公のかたわらに馬を進める姿はまさに英雄然として美しく、すばらしく見えたものだ。その同じイシュトヴァーンがいま、トーラスを焼こうとしている。

（トーラスは悪魔に魅入られちまったんだ……）

度重なる戦火にさらされる故郷に、それだけの言葉しか投げてやることができないことがいっそうダンの無力感を深めた。ダンは息を切らせながら杖を構えてもう一つ段差を乗り越え、必死に歩いている小柄な妻に向けて、愛情と心配と悲哀の入りまじった、なんともいえぬ視線を投げた。

イシュトヴァーン軍が郊外の建物に火を放っていることは当然、金蠍宮の反乱軍中枢のほうにも伝わっていた。城壁の見張り塔から煙の上がっているのを確認した伝令はあわててそれを上層部に伝えたが、刻々と煙は勢いを増し、真っ赤な火の手が城壁を囲むように上がりはじめているところだった。

「イシュトヴァーンは一般市街を焼き払うつもりなのか」

金蠍宮も、アムネリスがイシュトヴァーン・パレスに引いていかれてそこで自死をとげてから数年の時を経ていた。その間に、主人を亡くした宮殿はなんとなくうつろな、うらさびれた風情を持つようになり、むろん、毎日の手入れや掃除は行われていたが、どこか荒涼とした、見捨てられたような雰囲気につつまれていた。

そんな金蠍宮の一角に、反乱軍の司令室はあった。かつては大公の執務室だった部屋に大テーブルをおき、その上にトーラス周辺の地図や金蠍宮の見取り図をならべて、ト座にはマルス伯が沈痛な様子でつき、つづいてホン・ウェン、ハラス、副官のモース、レンス、ソラスなどが詰めている。頭に包帯を巻いたアリオンの姿もあった。彼は郊外に展開した反乱軍から脱出してきてトーラスにたどり着いたのだったが、無事とは行かず、頭と背中にかなりひどい切り傷を負っていた。本来なら寝ているべき重傷だったが、迫り来るイシュトヴァーン軍を支えきれずに逃げ出してきたという屈辱が彼を支え、寝床にいることをよしとさせなかったのだった。

「イ、イシュトヴァーンは、おそらくトーラス全体を蹂躙する気でいるだろう」

あえぎながらアリオンは言った。

「郊外から火をかけて焼いているのは、おそらく、お前たちもこのようにしてやるという奴の意思表示だと思われます」

ホン・ウェンがうっそりと口をはさんだ。

「もともとトーラスがイシュトヴァーンによい感情を抱いていないのと同様に、イシュトヴァーンもトーラスに対してよい感情を抱いていない。金蠍宮にもです。何もかも、この際いっそ焼き払ってしまえというのは、あの荒々しい男の考えそうなことだ」

「だ、だがトーラスはモンゴールの首都だぞ。首都が消え失せれば、モンゴールも……」

「だから、モンゴールをこの地上から消してやる、という意思表示だろうと思われるのですよ」

ホン・ウェンはますます無表情に言った。

「トーラスがなくなってもまだオーダイン、カダインの二大穀倉地帯はあることですし、そうかんたんにモンゴールの民が地上から消え失せる気はいたしませんが——モンゴールを独立国家としてふたたび立たせようというもくろみは潰えることでしょうね。大公の血を引いた公子がおられるという点をわりびいても、象徴としての首都があるとないとでは国際的な見方も変わってきましょう」

大公の血を引く公子、ということばが発されたとき、アリオンやハラスの間に意味深な目くばせが交わされた。本物のドリアン王子はアストリアスによって連れ去られ、代わりに背格好の似た村の子供が連れてこられているというのは、この場では公然の秘密だったからである。トーラスをなくし、大公家の血を引く王子もなくしたとなれば、もはや反乱軍には、よって立つよすがとなるべきなにものもないことになる。

「ドリアン王子はどうしておられる」

マルス伯が尋ねた。

「ただいまはアリサ嬢の世話でひとまず無難に過ごしておられるようです。お薬を差しあげていますので、夜泣きなどもなさらず壮健でいらっしゃるかと」

つまりは薬で親を恋しがったりするのをやめさせて、ほぼずっと半眠りの状態にさせているということだ。それが子供の健康にいかに影響するのか、そもそも子を親のもとからさらってきて政治に利用することについての難詰などが、繰りかえしアリサから伝えられていたが、司令官たちはそれを黙殺した。そんなことに構っていられる状況ではなかったのである。

「イシュトヴァーン軍は現在どこまで迫っている」

「今のところは郊外の家々を焼きながらじわじわと包囲をせばめてきております。われわれが降伏して門を開けるのを待っているのかもしれません。もっともそうなれば、一気に押し寄せてきて金蠍宮ふくめてトーラス内をあらしまわるつもりでしょうが」

「ではわれわれのなすべきはどうすることだというのだ、ホン・ウェン」

「どうもこうも」

　ホン・ウェンは小さく肩をすくめた。

「なんとかしてこの窮状をしのぎ、イシュトヴァーン軍を打ち払うか――もしくは、それこそ全面降伏して門を開き、イシュトヴァーンの慈悲を願うか、どちらかしかございませんでしょう」

「なんだと！　それが、何を意味することかと――」

　たちまち怒号が爆発した。

「降伏などとんでもない！　アムネリスさまの御霊にちかって、そのような無様なことは」

「しかしイシュトヴァーン軍はさほどその数を減らしておらず、いまだ三万に近い数を有しているとの報告が入っている。その数で押しまくられたら、もともと籠城にむいているわけでもないこのトーラスなど、たちまち落ちるぞ」

「しかも、先頭に立つのはイシュトヴァーンだ――」

その名前が発されたとき、ふっと空気に息詰まるものが流れた。その名が出されたことで、今この場に、その狂える死神の存在が呼び出される、とでもいったようであった。その底に怯えを含んだ論議が果てしなく取り交わされる司令部を、影のように抜け出ていく姿があった。ここまで反乱軍に資金と傭兵を与え、後押しをしてきたはずのホン・ウェンである。

ホン・ウェンはひそやかに通路を抜けてゆき、途中で数名の衛兵に敬礼を受けてうなずき返し、回廊を渡って金蠍宮でももっとも奥まった女宮に踏み込んだ。ここにもそここに衛兵は立っているが、女らしい華やかな造りで、多少雰囲気がやわらかく見える。その一室の前でホン・ウェンは足を止めた。扉の両側には剣を佩《は》いた兵士が見張り番に立っている。そのそれぞれに奇妙な目くばせを送ると、彼は扉を開けて中へ踏み込んだ。

中では大きな天蓋付きのベッドに小さな子供が蒼白い顔をのぞかせて眠っており、そのそばに、黒い髪をひっつめに結って地味なドレスに身を包んだほっそりした娘が、腰かけて静かな表情で書物に目を落としていた。

「失礼いたします。まだ起きておいでですかな」

「ホン・ウェン様」

アリサは書物を脇へ置いて、静かに立ちあがって礼をした。

「皆様はまだ軍議をなさっておられると思っておりました」

「しておりますよ。いよいよイシュトヴァーン軍が間近に迫ってきたということで、みな戦々恐々としておられます。無理もございませんが」

「やはり……いくさになるのでしょうか」

アリサは顔をくもらせた。

「今からでも、ドリアン様はもはやここにはいらっしゃらないことを認めて、戦いをやめるわけにはいかないのでしょうか。この子はただ近くの村から連れてこられた子、争いに巻き込まれるのはあまりにも理不尽です。なんとかして争いを避けることはできないのでしょうか」

「まあ、今さら戦闘を回避することは不可能でしょうな。イシュトヴァーン軍はすでにトーラス近隣に火をかけ始めています。いずれその火は内部にも及ぶでしょう。イシュトヴァーンがトーラスを見逃すとはもはや思えません」

「そんな……」

アリサは悲しげにうつむいた。ベッドに眠る幼子の頬をそっと撫でる。攫《さら》われてきてからというものほとんどの時間、薬を与えられて眠りつづけている子供の頬は、ふっくらとした張りを失い白くそそけてきていた。

「……そこでアリサ殿に、ひとつご相談があるのですよ」

言われてアリサは、問いかけるようにホン・ウェンの顔を見上げた。ホン・ウェンの細い目が光った。

「どうです――この子を連れて、トーラスを落ち延びませんか」

「……」

問いかけるように、アリサは瞳を大きくしてホン・ウェンを見た。ホン・ウェンは手を後ろに組んで、ゆっくりとベッドに歩み寄った。

「それは……どういう意味でしょう？」

低い声でアリサは言った。ホン・ウェンは眠る幼児の髪をまさぐるように手を置いた。

「どういう意味もなにも、その通りですよ。あなたは、この子を戦いに巻き込みたくないのでしょう。ここにいれば、この子は否応なく戦いに利用される。いざとなれば、イシュトヴァーン王への盾にも使われる。あの王に通用するとは思われませんがね。その前に、逃げるのですよ。トーラスから」

アリサは無言だった。ただその大きく澄んだ瞳だけは、真正面からホン・ウェンを映している。

「はっきり言って、もはや反乱軍には勝ち目はない。彼らを待っているのはイシュトヴァーン王の怒りと、その刃だけです。だがこの幼子にまで、その怒りを及ばせるのは、私は忍びないと思うのですよ」

「イシュトヴァーン様は、ご自分のお子様——少なくとも、そう思っておいでの子を傷つけなど、なさいませんわ」

少し怒ったようにアリサは言った。ホン・ウェンはなだめるように手を上げた。

「それは、その通りかもしれませんとも。——しかし、そもそも子供を戦争の駒に使うこと自体、許されないとアリサ殿はお思いになる。しかもこの子は本来ならばまったく関係のない村の子供だ。そんな子供をこのまま、ここに置いておいていいとお思いになりますか。子供に罪はないのですよ」

アリサは唇をかんで何か考えるように視線をそらした。

「私は商人です。ですから常に、利益のあることを考えます。——イシュトヴァーン王がパロから帰還したときに、もうこの反乱は終わっていたのです。私は負け戦になる戦から、少しでも救い出せるものを救い出したい」

「それが、この子ということですの」

「まあ、そうです。というか、この子がよそおっているドリアン王子という名ですが」

ホン・ウェンは歯を見せてにやりと笑った。

「おそらく、イシュトヴァーン王はドリアン王子を殺すでしょう。つまり、この子を。彼はまだ若い。これからいくらでも跡継ぎなど作れる。子殺しの流血王という名はさらに中原に無惨と冷血の象徴として鳴り渡っていくことでしょう」

「イシュトヴァーン様はそんな方ではありませんわ。あの方は本当は、とても苦しんでいらっしゃる、痛みを抱えたお方なのです」

「しかしモンゴール大公の血を引き、またゴーラの王子でもあるドリアン王子は、今後イシュトヴァーン王が子をなしたとしても手に入れられない、モンゴール正統の支配者という地位がある」

抗議したアリサにかまわず、ホン・ウェンはそのまま続けた。

「それだけはこれからイシュトヴァーン王が何人子供を作ろうとも取り戻せるものではない。……私はね、あの流血王が怒りにかられてなにもかも血の海に沈めてしまう前に、それだけでも取りだしておこうと思うのですよ」

「アリオン様やハラス様にはおっしゃいませんの。この子を――〈ドリアン王子〉を、この子だけでもトーラスから落として差しあげようとのことは」

「おお、そんなことはとても言えませんよ……彼らは〈ドリアン王子〉のモンゴール正統支配権のもとに集合しているのですからね。それにイシュトヴァーン王に対する最後の盾としてドリアン王子の身柄を使えるという考えもまだ捨てていない。〈ドリアン王子〉を、彼らは手放しませんよ。たとえいっしょに火の中に沈むことになろうとね」

アリサはふたたび黙りこんだ。ホン・ウェンはベッドの上から顔を上げて、なだめるようにアリサの肩に手を置いた。

「いかがです。あなたも、このままイシュトヴァーン軍の切っ先にかかるのはおいやでしょう。道筋は、私がつけて差しあげます。この子といっしょに、トーラスを落ち延びなさいまし。行き先は……まあ、それも、私がご用意いたしますということで」

唇の両端をつり上げるようにしてホン・ウェンは笑った。何かをあざ笑っているような、厭な笑みだった。これまで、ほとんど無表情で通してきた彼の顔に浮かぶと、それはひときわ厭らしいものに見えた。

アリサはその顔を無言で見つめ返した。そして、ゆったりと首を振った。

「私は……参りません」

「なに」

ホン・ウェンはちょっと目を見開いた。

「このままここにいて、イシュトヴァーン軍に蹂躙されるのをただ待つと？」

「もしそうなれば、それもまた、ミロクが与えたもうた運命と考えましょう。けれども、この子は確かに、できればいくさには巻き込まれず命を永らえてほしい」

身をかたむけて、アリサは眠っている子供の顔を覗き込んだ。

「どうぞ、この子をお連れくださいい、ホン・ウェン様。私は、私をここまで連れてきた方々への義務のためにも、ここから離れることはできません。けれども子供を私たちの運命に巻き込むこともできません。どうぞ、お連れください。私は、自分の運命を受け入れます」

「………」

ホン・ウェンはちょっと気圧されたように口をつぐんだ。

それから唇を曲げ、口をとがらせて、何かたくらんでいるのではないかとあやしむように彼女を見た。アリサはかわらず静かに微笑んでいるだけだった。

「もしアリオン殿に知らせようと考えているのなら無駄なことですぞ。私はけっして漏れない道筋をもう構築している。人に知らせたところで私がこの子を連れ出したことなど容易に信じられるはずがない。あなたの虚言と取られるほうがよほど可能性が高い」

「そのようなことはいたしません。私は罪もない子がただいくさにまきこまれることなく命を永らえるよう祈るのみです。ホン・ウェン様がこの子をどこへ連れてゆかれるのかは存じませんが、どうぞ、この子が幸せになれる場所へ連れていってあげてくださいまし。お願いいたします」

アリサはふかぶかとホン・ウェンに頭を下げた。ホン・ウェンはしばらくなにも言わずに立ちつくしていたが、やおらベッドにかがみ込んで子供の身体を敷布に包んで抱きあげると、あとは振り向かずに部屋を出ていった。扉が閉まると、アリサは胸のペンダントに手をやって跪き、うやうやしくミロクへの祈りを唱えた。

4

郊外からじわじわとトーラスを焼いた火は、ついに三日目になって、城壁に達した。焼け崩れる建物が城壁に崩れかかって火花をまき散らす。その中を縦横に駆け回るゴーラ軍はわずかに残って隠れていた民を引き出しては切り倒し、馬のひづめに掛けて踏みにじってまわった。燃え残りの家から家財道具を引き出し、道に投げだしてたたき壊すのを見て子供のように喚声をあげた。たいまつと油を持って走り回り、燃えつきそうな場所に油を撒いてたいまつを投げる。もともとは石でできた建物の多いトーラス周辺だが、その合間合間には木でできたさしかけ小屋や、薪や道具類をしまっておく木小屋も多い。ぱっとあがった火がやがてじりじりと周囲の石の建物へも波及していくと、黒い煙は薄曇りの初冬の空に筋を引いてあがり、ノスフェラスから吹いてくる風になびいて、渦を巻きながら天へと昇っていった。

そして三日目の夜が明け、さしもの炎も少しずつ収まりかけてきた朝方、歩兵たちに支えられた破城槌がトーラスの東門に向から街道を進行してきた。かたわらにはイシュトヴァーンが、白馬に白いよろいもつきづきしい姿で付き添っていた。後ろには親衛隊一千騎が続いている。片手には馬鞭を持ち、黒い瞳をあやしく燃やして、ぴったりと閉め切られたトーラスの門を食い入るように見つめている。

鞭を持ったイシュトヴァーンの手が高く上がった。

「やれ！　ぶつけろ！」

それとともに、歩兵たちは息をそろえて破城槌を門の扉に叩きつけた。数回叩きつけると、砦ほどの厚さのない扉はみしみしときしんで割れはじめ、ちょうつがいがゆがんで傾きはじめた。

「もっと叩け！　力を抜くな！　やつらの脳みそを飛びださせてやるんだ！」

イシュトヴァーンの叱咤に、歩兵たちの筋肉が盛りあがった。十度めかの打撃で扉はめりめりと音を立てて内側にめくれ、大きな穴が空いた。

「突入！」

「突入！　突入ーっ！」

たちまちイシュトヴァーンの手に抜き放った剣がひらめいた。彼のあとに続く一千騎が扉の残骸を乗り越え、どどどど……とトーラス内に突入していく。そのあとにはさらにイリス、イラナ両騎士団の精鋭が続く。金と黄のよろいの濁流が、扉に開いた穴めがけて吸い込まれるような情景であった。

むろん、反乱軍側も手をこまねいていたわけではない。扉が破られるとともに、すぐ内側に伏せられていた軍勢がわっと立って、突入してくる敵軍を迎え撃った。たちまち、熾烈な市街戦が始まった。街の大路を突進していくイシュトヴァーンに、蟻のように多くの兵士が必死に追いすがる。

「イシュトヴァーンをうて！」

「イシュトヴァーンの首を取れ！　相手はイシュトヴァーンだぞ！」

その中を、イシュトヴァーンは周囲に鮮血と絶叫の嵐を巻きあげながら疾走していく。その目は悪魔のようにぎらぎらと燃え、唇にはひきつれた笑みが浮かび、剣が一振りされるごとに首が落ち、胴が両断され、手足が飛ぶ。まわりに寄ってくる敵をまるで喜び迎えるように斬り、薙ぎ、払い、突いて、鮮血の渦をまき散らすさまはまさに地獄からきた死神の姿であった。

突入してきた兵士たちの一隊が手に手に火のついたたいまつを振りまわしている。と、それを、郊外の家々を焼いたと同じように燃えつきそうなところへ投げ込み、打ち壊した家具家財を道へ引きずり出して、それにも火を放ちはじめた。

「焼け！　焼いちまえ！」

前方から、血に酔いしれたようなイシュトヴァーンの絶叫が届いてくる。

「みんな焼いちまえ！　こんな街、あったってしょうがねえんだ、みんな焼け、焼いちまえ！」

「おのれ！」

東門の護りを託されていた反乱軍のファイラス大尉が必死に声をあげる。

「トーラスはわれわれの都市だ！　焼かせてたまるものか！　火をつけるものを切り倒せ、火の広がりを止めよ！」

だが押し寄せてくるゴーラ軍と戦いながら火の広がりを止めることは容易ではなく、火は留められることなく天をなめて広がっていった。最後まで隠れていたわずかな民が、火に追われて悲鳴をあげて逃げ出してくる。だが数歩走る間もなく馬に踏まれ、あるいはたわむれに剣を振り下ろされて、たちまち血まみれの死体となって横たわる。上がった悲鳴も絶叫も剣のぶつかる音やよろいのがちゃつき、馬蹄の響きにのまれてすぐに聞こえなくなる。

金蠍宮の本部はまさにひっくりかえったようなさわぎだった。ついにイシュトヴァーン軍がトーラス市内に侵攻してきた報告を受け、マルスはじめアリオン、ハラス以下のひとびとはいかなる手を打つべきか狂ったように声をからしていた。金蠍宮の周囲には守備として約一万の兵を配備してある。東西の門の護りにはそれぞれ五千ずつの部隊を配置してある。しかし、約二万五千の数のゴーラ軍をそれだけの数で抑えられるとはとても思えず、まして金蠍宮は籠城にむいた城ではない。豪華で広く、多くの建物が広大な敷地に建っているが、基本的に平城で、こもって護りを固めるようにはできていないのだ。

「ゴーラ軍は市中に火を放ちながら金蠍宮へ向かって進撃しています。ファイラス大尉が必死に交戦しておられますが、敵の勢いはとまりません」

「西門にもゴーラ軍の別働隊があらわれました。げんざい、弓矢で応戦していますが、破られるのは必至です。西門には破城槌は持ち出されておりませんが、鉤をかけて城壁を登ろうとする敵兵が相次ぎ、内側から門を破られるのは時間の問題と思われます」

「ゴーラ軍はイシュトヴァーンを先頭に立て白い女神通りから西へ進撃中。ジルス准尉率いる第七大隊が対応に当たっていますが、状況は思わしくありません。イシュトヴァーンはあいかわらず鬼神のような戦いぶりで、周囲に近づけるものは一人もおりません」

もちこまれてくるのは反乱軍不利の報告ばかりであった。アリオンは歯ぎしりし、自分が前線に出ると吠えたが、これは負傷の具合を知る者たちがあわててとめた。ハラスはもとより拷問で痛めつけられていて前線に出られる状態ではない。

「私が行こう」

蒼白になったマルス小伯爵が立った。

「金蠍宮を固める一万、これを率いてイシュトヴァーンに当たる。ゴーラ軍三万といえども、トーラスはわれらが街だ。地の利はわれらにある」

「いけません、マルス伯」

周囲のものはあわてて止めた。

「長く軟禁されておられて体力の落ちておられる伯にそのような無理をおさせするわけにはまいりません」

「ドリアン王子の後ろ盾として立っていただかねばならぬ伯に、そのような危険な役目を負わせるわけには参りません」

「だがわれわれが負ければそれこそ、モンゴールという国は地上から消失するぞ」

苛立ったようにマルス伯は怒鳴った。

「イシュトヴァーンはそれこそそのつもりで攻めてきているのだろうからな。ドリアン王子の存在を盾に取るとしても、あの残虐な男は顧みないかもしれぬ。われわれはなんとしてもイシュトヴァーンをうち、ゴーラ軍を押し返すしかないのだ」

「それは、そうでございますが、しかし」

「とにかく、金蠍宮の固めは動かさずにおきましょう」

息をきらせてハラスがいった。

「なんなら数部隊を市中への戦いに回しもしましょうが、マルス伯はどうぞここにおとどまりを。もどかしいお気持ちはお察しいたしますが、大事のお身体です。弱られた身体で戦場にお出しするわけには参りません」

「イシュトヴァーンめ」

ふいに、こらえきれなくなったようにマルス伯は激しく言った。

「奴を信じて英雄よ大将軍よとまつりあげたわれわれに呪いあれ。……すべてのわざわいはあの男がもたらしたのだ。アムネリスさまを死なせ、モンゴールの民を踏みつぶし、ゴーラの僭王として流血のしわざをほしいままにする悪魔めが。アムネリスさまは結局、あの男に殺されたのも同然だ。モンゴールを蹂躪し、われらが故郷を焼き、同胞を殺戮する人非人の死神め」

「そのお気持ちはここにいる者すべてが共有しております」

額の布に血をにじませたアリオンが同情するように言葉をつぐ。

「私とて、かつて将軍としてあの男に接していたころの自分を思いだし、何度慚愧《ざんき》の念にかられたことかしれませぬ。あの時、このようになるとわかってさえおりましたら、悪魔めの首にこの剣をうちおろしておりましたでしょうに」

「ともかくも、イシュトヴァーンは刻々とこの金蠍宮に近づいてきます」

ハラスが思いきったように口をはさんだ。

「ゴーラ軍にあてるために金蠍宮の防衛を割きますか。今から伝令を飛ばすのであれば、キノン隊、あるいはドラス隊に、街中への出兵を命じるべきだと存じますが」

「いや。今さら市中に多少の兵を放ってみてもしかたがあるまい」

マルス伯は多少激情が収まったようでいくらか落ちついた声で応えた。

「このまま金蠍宮の護りを固め、いざとなればドリアン王子を盾に取ろう。そうするしかあるまい。どこにも、逃げてゆく先も、援軍のあても、われわれにはないのだから」

苦渋のにじむ声であった。沈痛な顔で人々は顔を見合わせ、沈黙が流れた。

「そのドリアン王子が本物でないということが……イシュトヴァーンに知れていたらどうなります。アストリアスめが連れて逃げた先が、ゴーラ軍でないとは誰にもいいきれませんぞ」

「奴とてもモンゴールの軍人、そのようなことがあるとは思いたくはないが」

アリオンは頭を振った。

「もしそのことが知れていればゴーラはもっと一気に攻め寄せてくるのではないかと思う。……アストリアスのばか者め、やはり恋に狂って結婚式の場に躍りこむようなおろかものは手のつけようがないわ」

「おや、そういえばホン・ウェン殿はどうされました」

ふと気づいたハラスが目を左右にさまよわせた。

「先ほどまでここにおられたと思いましたが。お姿が見えぬようです」

「まさか、逃げたのではなかろうな」

マルス伯ががたりと立ちあがった。

「あの男はもともと軍人でもなければモンゴール人でもない、クムのほうで商売をしている一介の商人だと聞いているぞ。いよいよイシュトヴァーンの剣が身近に迫ってきたので、怖くなって逃げ出したのではあるまいな」

「しかし、まさか。ホン・ウェン殿の資金と人脈がなければ、これだけの兵も、資金も糧食も集められなかったわけでありますし」

「探せ」

マルス伯は焦った調子で命じた。

「もし逃げたのなら……今この席にいないということが、充分に疑いを起こさせる。ホン・ウェンを探せ。それから、念のためにドリアン王子の所在を確かめろ。ひょっとしたら、あの男、保身のためにドリアン王子をつれて陣を抜け出しておるかもしれん」


ホン・ウェンの行方はついに見つからなかった。広大な金蠍宮のどこかにひそんでいるのか、それとも迫るゴーラ軍の囲みをどうしてか抜けて出ていったのか、商人の姿はどこにも見えず、居室として与えられていた部屋にもわずかな荷物を残したばかりで影すらなかった。反乱軍本部は驚倒したが、それに続いて、ドリアン王子、正確にはその身代わりが居室から消えていると報せが届いたときには、本部の混乱は極に達した。

「ホン・ウェン様がお連れになりました」

証人として引き出されたアリサは淡々と答えた。

「そ、そのようなことを言って！　モンゴールへの裏切りをみすみす目の前で見逃したのか！」

「わたしはあの子が戦乱に巻き込まれるのが哀れだっただけです。そのことは、何度も申しあげていたはずだと思いますが」

アリサは澄んだ目で一同を見返した。

「子供がいくさの道具に使われるなどということは忌むべきことです。わたしは何度もみなさまにそう申しあげました。ましてや、あの子は本来ならばこのような戦いの帰趨《きすう》には関係のない子。ドリアン王子ご本人でもないものを、どうしていくさの犠牲になどできましょう」

「だ、だが、あなたとてモンゴールの民のはず！　モンゴールの独立のために、あの子供が必要なことくらい、わかっていたはずではないか！　そもそも、本物のドリアン王子が連れ去られたときも……」

「わたしはただ、罪もない子供がいくさに巻き込まれるのを止めたかっただけでございます」

アリサは繰りかえし、そして静かに頭を下げた。

「みなさまのお怒りは甘んじて身に受けます。けれども、ホン・ウェン様があの子を連れてゆかれたことは本当でございます。わたしはこのいくさであの子の命が消えることをあわれと思ってホン・ウェン様にあの子を渡しました。どこへ行かれたのかは知りません。ただ、あの子が安全な場所にいることを祈るばかりです」

「ば、ばか者が！」

アリオンが叫んで、いきなり平手でアリサの頬を打った。アリサは人形のように横に倒れたが、悲鳴もあげず、そっと頬をさすっただけで、無言で身を起こした。

「そんな、そんな女子供の情のようなもので、子供をあの裏切り者に渡したというのか。あの子供はイシュトヴァーンに対する、またわれわれの大義に対する、最後の切り札だったのだぞ！」

「わたしはミロク教徒の女です。ミロク教徒は弱いものを助け、人と争わず、ただ心の内のミロク様のみおしえのままに生きるものとされております」

打たれた頬は真っ赤に腫れ上がっていた。唇が切れて血がにじんでいる。それでも、アリサの声は落ちついていた。

「ミロク様は子供を争いにまきこむことをよしとなさいません。ましてやその中で命を落とすことなどあってはなりません。わたしはミロク様の教えにしたがい、子供をこの争いのちまたから逃がしました。それを裏切りとおっしゃるならそうなのかもしれません。けれどもわたしはミロク教徒として、幼い子供が大人たちの手で争いの道具に使われるのを見過ごせなかったのです」

張りつめた雰囲気は今にも爆発しそうだった。周囲から憤怒と非難の視線をあびながら、アリサはただ静かにうつむいていた。

「もうよい。この女を部屋に閉じこめておけ」

マルス伯が大声で言った。

「われわれにはもはや時間がない。ゴーラ軍に対処せねばならぬのだ。ホン・ウェンがイシュトヴァーンのもとへ走ったにせよそうでないにせよ、もはやわれらには戦いあるのみ。こんな女に構っている暇はない。連れていけ。連れていけ」

二人の兵がアリサの両脇をかかえて立ちあがらせる。アリサは抵抗する様子もなく連れられていったが、部屋を出るときに、小さな声でミロクの祈りを唱えていった。男たちは気づきもしなかった。彼らはただ互いに目を見合わせ、肌がそそけ立つような空気の中でじっと互いの様子をうかがい合うように見えた。

「もはや——」

マルス伯が重い口を開いた。

「もはや、できることは、真正面からゴーラ軍に当たること、のみだな」

「さようでございますね」

ハラスも蒼白い顔でうなずいた。

「盾に取るべき王子がいないとなれば、できることはそれですべて――みなさん、心を強く持ちましょう。モンゴールのために、われわれのいのちと力をひとつにするのです。イシュトヴァーンの軍勢に、せめて一太刀なりと加えてやりましょう。なきアムネリスさまの御霊にイシュトヴァーンの首を捧げられればそれでよしと、そう考えるしかないのかもしれません」

第三話　トーラス炎上

1

そうして再び、夜が明けた。炎にすみかを奪われた鳥が不吉な鳴き声をあげて戦場の空をとび、空は黒い煙にうっすらと灰色に染まっている。のぼってきた太陽《ルアー》も、濛々とあがる煙に隠れてその輝かしい姿を煙らせている。

夜のあいだ、イシュトヴァーン軍はひしひしと金蠍宮をとりかこみ、いったん攻撃の手を休めていた。中にいるのが偽王子とわかってはいても、対外的にはまだドリアン王子は陣中にいることになっている。国際的な姿勢を考えれば、自分の子供を攻めるような動きは避けたいところがイシュトヴァーンにもあった。

夜のなかばから戦い続けた反乱軍部隊は、いまは金蠍宮内へ撤退してかたく引きこもっている。市街を焼く炎に黄色いゴーラの鎧がてらてらと光り、物の具のぶつかるがちゃがちゃという音がひと晩中城内のものの耳を痛めつけた。威圧するような「ゴーラ！

ゴーラ！」「イシュトヴァーン！」の叫びがときおり起こり、静まりかえった金蠍宮に波のように打ちつける。

　イシュトヴァーンは幾重にも巻いた軍の先頭に仮の座を造り、軍装をとかぬまま愛馬に身を寄せ、昏い目で宮城を眺めていた。返り血にまみれた衣服はとりかえ、鎧も新しいものに変えているが、髪にねばりついた血はまだ全部はとれていない。そのせいで、彼のまわりにはまだ戦闘中のような血臭がまとわりつき、味方のものでもなんとなく近づくことをはばかられるような鬼気をただよわせていた。持ち出された床几《しょうぎ》に足を投げだして座り、剣を杖のように立てて、あたりのざわめきを耳に入れるようすもない。

「おい」

「はっ」

　そばに控えていた武官があわてて一歩踏みだす。

「城の中のやつらはまだなにも言ってこねえのか。もうこんだけ攻め込まれて、助けてくれとか降参するとかなんとかいう使者は。まあ」

　にやりと口元をゆがめて、

「そんなもん、来たってなんも聞き入れやしねえがな、こっちも。……だが、俺のガキを連れてやがるとなっちゃ、一気に揉みつぶすわけにもいかん。そのあたりのことはどうなってんだか、まだ伝言はねえか」

（それも贋者だときちゃあな。はっ、まったくたいした茶番劇だぜ）

「はっ、まだなにも申してきておりません。わが方に恐れをなしてすくんでおるのかと」

「けどまあ、いつまでもこのまんま、にらめっくらってわけにもいかねえからなあ」

顎をしゃくって、

「こっちから降伏勧告ってのを出してみるかよ。その上でガキを返せって言ってみるかな。あーあ、まったくめんどくせえぜ、ガキのくせにこんな有象無象の集まりなんかに持ち上げられやがって」

「は、はあ……」

「もうめんどくせえから、やっぱこのままもみつぶしちまうかな」

ちょっと遠くを見るようにして、イシュトヴァーンはつぶやいた。考えれば考えるほど、苛々がつのってくる。本物の息子ではなく、身代わりに連れてこられた馬の骨にこうも手こずらされているのが気にくわない。

「どこのガキだか知らねえが、なんぼ奴らにかつがれたからって、俺を追い落としてゴーラの王を名乗ろうなんてことをしくさったガキだ。いわば俺を裏切りやがったんだからな。俺は俺を裏切った奴を許さねえ。ガキだっておんなじだ。もうなんもかんもいっしょに、ぶっ潰して焼いちまったほうがことがかんたんじゃねえのか。ガキなんてまた作りゃいいんだし――」

「と、とんでもございません、陛下！」

ゆらり、と腰をあげかけたイシュトヴァーンに、武官はあわてて手をのばしかけた。

「贋者と、まだそうと決まったわけではございません。もし、本物であったらどうなさいます。王子殿下はまだ二歳でいらっしゃいます！　そのような幼いお方に、大人の事情などおわかりになるはずがございません。殿下はただされわれて、閉じこめられていらっしゃるだけでございます。責めは反乱軍の者どもが負うべきかと。殿下はあの中で、お父上のお迎えを今も待っておられるかと存じます」

「父上、か」

にがいものでも吐き捨てるようにイシュトヴァーンは呟いた。

「くそ、まったく、アム公のやろうつくづくやっかいなものを俺に押しつけていきやがったもんだぜ。モンゴールなんてど田舎、俺にゃほしいもんでもなんでもないってのによ。アム公があんなくそガキ産んで死ななきゃ、こんなめんどくせえこともなんにもなかったんだぜ。なあ」

「しかし、モンゴールのお血筋を引いておられるのはただ一人、ドリアン殿下だけでございますから」

おずおずと武官は言った。

「わかってるよ。……だが、待てよ。ちょっと待て」

　剣の柄に両手をあずけたイシュトヴァーンの瞳に、しだいに暗い炎が燃えあがってきた。

「考えてみりゃ、俺はもうモンゴールなんて国、すっかり焼き尽くしちまうつもりでここに来たんだった。……すりゃ、どうだ、ガキがモンゴールの血を引いてようが引いてまいが、気にすることあねえじゃねえか。どうせなくなる国なんだ。わざわざとりもどさなくたって――」

「イシュトヴァーン陛下！」

「なあ、そうだろう。どうせなくなる国に、あとつぎなんざ要らねえんだよ。あのガキは俺の王座に横から手を出しやがった。許せねえ。それでいいじゃねえか。ガキを誰がかついでようがかまうもんか。俺は俺にさからう奴を許さねえ。いつだってそうしてきた。今度もそうするまでだ」

「陛下！」

「うるせえ」

　イシュトヴァーンはゆらりと立ちあがった。

「ごちゃごちゃ言うとまずは貴様から斬っちまうぞ。俺はイシュトヴァーンだ。ゴーラの王、魔剣士、災いを呼ぶ男、それが俺だ。その俺に逆らった奴は――」

床几をはなれて、イシュトヴァーンはゆっくりと金蠍宮の正面へと歩きだした。近衛隊があわててあとに付き従う。湖が割れるように軍隊が割れて、王を通していく。

金蠍宮の階段に足をかけて、イシュトヴァーンは目を細めた。市街を焼く煙はここまで漂ってきている。それはうっすらとした灰色の衣めいて金蠍宮にも忍びより、城壁にそって立ちあがって、まるでしなやかな女の手のように城を包み込もうとしている。イシュトヴァーンのマントが風になびき、煙と血のにおいがまた濃くなった。

「おい、そこに隠れてる腰抜けども！」

イシュトヴァーンは大音声を発した。びんと響く声に、味方の兵までが一瞬はっとなって背筋を伸ばした。

「こいつは最後通牒ってやつだ。門を開いて出てこい、そうして俺さまの前に頭を下げな、身の程知らずのことをしてすいませんでしたってな。もっともそうしたっててめえらの命はいずれもらうが、死ぬまでの道筋をいくぶん優しくしてやらんもんでもねえぜ。なんせてめえらにゃ、イシュタールまで引かれてきてもらって、見せしめにうんとむごたらしく死んでもらわねえとならねえんだからな。

モンゴールはもう終わりだ」

さらにイシュトヴァーンは声を張った。旗指物がはたはたと風になびいている。

「そうしててめえらも終わりだ。俺のガキなんぞひっさらって無駄なことをしたな。俺は知ってるんだぜ。おまえらの抑えてるそのガキ、そいつは贋者なんだろう？」

「陛下？」

ぎょっとしたようにゴーラ軍がざわざわっとなった。思いがけぬ暴露に軍兵たちは顔を見合わせた。イシュトヴァーンはかまわなかった。その情報がどこからもたらされたのかを追及されるのが面倒であるということもあったが、陣中にいるのが本物のドリアンであろうが贋者であろうが、どちらでもいいという気持ちの方が強かった。

「なんせ俺は、そのガキのことなんてなんとも思っちゃいねえんだからな。まあ、自分の剣にかけるまではしねえが、ガキたあ言えてめえらみてえなうすのろにさらわれる間抜けっぷりにはあきれるぜ。いっとくが、俺に対してそのガキを盾にしようなんて考えるんじゃねえぞ。てめえらがそいつにゴーラの王座を奪わせようとしたつけは、きっちりはらってもらうからな。というか、この程度の争いに巻き込まれて死ぬようじゃ、しょせん、運がなかったのさ。少なくとも、このおれさまの息子を務めるにゃ失格だったってこった。俺はうんとガキのころから、たった一人で戦場を生き抜いてきた。俺の息子なら、おんなじことができなくってどうすんだってわけさ」

語気を抑え、返事を待つようにイシュトヴァーンは言葉を切った。

いま金蠍宮のテラスから見下ろせば、周囲をひしひしと何重にも取り囲む黄色一色の鎧の大軍団と、その周囲で煙を噴きあげる都市が見えるはずだった。槍を立て、馬を並べ、弓矢を構えたその陣容は蟻の這い出るすきまもない。指揮官である王が前進したことで、いよいよ決戦も近いかとはやる猟犬のような空気が大気中にまでみなぎっている。

「返事はなし、か」

ささやくようにイシュトヴァーンは言った。その唇は不吉につり上がり、悪魔のような笑みがその顔中に広がっていった。

「そんじゃ、遠慮なくやらしてもらうとするか。——おい、おまえら！」

身を半身にひねって振り向き、イシュトヴァーンはさっと剣を抜いた。煙にさえぎられがちな弱い陽光が、白刃の上でぎらっと躍った。

「手加減する必要はねえ、やっちまえ！　全員前へ！　金蠍宮を踏みにじれ！　反乱軍どもの首謀者を全員ぶっ倒して、俺のところへ連れてこい！」

どっとばかりに喊声が上がった。破城槌を支えた巨大な体格の兵が、鎧を鳴らしながら階段を駆け上がる。かけ声とともに槌をぶち当てると、もともとそのようなものに堪えるようできていない宮殿の門は、たった二打目で苦痛の悲鳴をあげた。三打目で、堪えかねたように勢いよく門ははね飛んだ。破城槌をがらりと捨てるとともに、剣の林がざっと伸びる。

「俺のあとにつづけ！」

声をあげながら、真っ先に飛び込んでいったのはイシュトヴァーンだった。

「気にすることたあねえ、斬りまくれ、殺せ、ぶち殺せ！　どいつもこいつも、刀のさびにしちまいな！」

うわーっ、とどちらからともなく喚声がぶつかりあう。門の内側には、装備をそろえた反乱軍が身を潜めており、門が破られると同時に身を起こして飛びかかってきた。たちまち乱戦が始まった。軍勢の数としてはゴーラ軍の方がはるかに上だが、幅の限られた城の門では一気に通ることはできない。ちゃりん、と刀がぶつかり、斬られたものの悲鳴やうめき声があっという間にあたりに響く。

「首謀者はどこだ！　アリオンの野郎は！」

剣をふるって目の前の敵を斬り捨てながら、イシュトヴァーンは吠えた。諸国にまわされた、ドリアンをゴーラ国王として推挙する旨の文書に、その名があったのをうっすらおぼえていたのだ。モンゴール軍にいたときには真面目なばかりでなんの面白いこともない士官としか思っていなかったが、ほとんど覚えてもいないその顔は、記憶の中で、いかにも憎々しくおのれをあざ笑う敵の顔に変貌していた。

血しぶきがたちまちイシュトヴァーンの剣を、腕を、身体を紅く染め上げていく。できるかぎりぬぐい取った髪の毛も、またすぐにべっとりと血にまみれだした。門をはいったところで矢を浴びたが、そのようなものを気にするイシュトヴァーンではない。マントをひと払いして駆けぬけ、剣を振るうと、たちまちそこには鮮血と絶叫の渦が巻き起こった。得物のぶつかる音を聞きながら階段を駆け上がる。ちょうど上から、待ちかまえていたモンゴール反乱軍の本隊が降りてくるところだった。口を裂くようにしてイシュトヴァーンは笑った。

「来い」

両腕を広げて呼びかける。両足を開いて立ちあがったその姿には、どんなものの剣も届かないとでもいうかのように、狂笑を浮かべて手招きする。

「来い、来い、来い。皆殺しにしてやる。みんな俺の前にひれ伏せ、そして死ね」

「陛下をお守りしろ！」

後ろから追いついてきたゴーラ軍がどっとぶつかってくる。それをさえうるさく思うかのように、イシュトヴァーンは血と死を周囲に振りまきながらまっしぐらに突き進んだ。酩酊感がゆっくりと身体のうちに広がってくる。自分と剣と犠牲者しかいない、剣を一振りすれば血しぶきがあがり、倒れてゆく人体がある、それすらも、感覚の外へ遠く溶け出していく。

口の中に血の味を感じ、それが自分の血か他人の血かもわからないままのみくだす。全身が熱くなる感覚の中、頭だけは奇妙に冷えている――ような気がする。喉の奥から底にこもった笑い声がこみ上げてきて噴き上がる。

「イシュトヴァーンを止めろ！　やつを通すな……」

「イシュトヴァーン！　イシュトヴァーン！」

「ゴーラ、ゴーラ！」

「モンゴール！　モンゴール！」

両陣営の叫び声がこだまする。いたるところで、泥沼の争いが始まっていた。モンゴール軍側は部屋べやに身を潜めては一気に打ちかかり、あるいは火壺を持って隠れていて、攻めかかってきたゴーラ軍に頭の上から浴びせかけ、廊下に家具や材木を積み重ねて作った堰から矢を射かけ、さまざまに手を変え品を変えてゴーラ軍を攻め立てたが、しかし、その劣勢はおおうべくもなかった。郊外でのいくさの大敗は、退却した兵士たちの間に重く刻みこまれており、押し寄せるゴーラ軍の物量と獰猛さは彼らの手を鈍らせ、足をよろめかせた。

それに何よりも、イシュトヴァーンがいた。まるで無人の荒野のようにただ剣をふるい、人を斬り、鮮血の竜巻となって正面を進むイシュトヴァーンが。

どんな策略も計略も、彼の敵ではなかった。イシュトヴァーンをねらった火矢も兵たちの逆落としも、彼の前では力を失うかに見えた。

イシュトヴァーンは恐怖のかたちだった。死のかたちとして彼は宮殿の中を進み、通ったあとに血と死体をまいていった。まともに向かえばそこには死だけがあった。悪魔の笑いを放ちながら、死の化身としてイシュトヴァーンはつき進んだ。ねばねばとした血が靴に粘りつき、顔にふりかかって眼に流れ込んでも、その歩みがとまることはなかった。

　はじけるように扉が開いて、風が頬に吹きつけた。いつのまにか宮殿を通りぬけて、中庭に出ていたのだった。周囲は回廊になっており、かつてのアムネリスが、女宮として造成したきゃしゃな造りがみてとれた。

　血走った目で回廊から覗ける部屋部屋をねめ回す。モンゴール軍に接収された際に女宮の住人はみな追い払われたのか、それともゴーラの襲来を知ってみな逃げだしたのか、部屋はほとんどが開けっぱなしで中の造作まで覗けた。

　ふとその中に、一つだけ閉まっている部屋をイシュトヴァーンはみとめた。口もとが凄惨につり上がる。誰か隠れているのか、それとも奪われたくない何かを隠しているのか、いずれにせよ、あおり立てられた闘争本能がそちらに足をむかわせた。

　ずかずかと廊下を進んだイシュトヴァーンは、閉まった扉を力任せの一発で蹴り開けた。

「誰でえ、そこに隠れてるのは？　いつまでもこそこそしてやがると――」

　だが、言葉はそこまでとまった。窓に向いて膝をつき、祈りの姿勢を取っていた部屋の主がびくりとふりかえった。その白い顔を見て、総身に水を浴びたように頭が冴えた。

「アーーー」

イシュトヴァーンはあえいだ。

「アリサ。おまえ、アリサじゃねえか。なんでこんなとこにいやがるんだ」

「イシュトヴァーンさま」

扉を破って飛び込んできた血まみれのイシュトヴァーンに、驚いた顔を見せたのは最初だけだった。アリサはすぐに立ち直り、両膝をついて頭を垂れた。

「イシュトヴァーンさま、お見苦しいところをお見せしまして申しわけございません」

「そんなこたあいい。なんでおまえがこんなとこにいるんだ。モンゴール軍の奴らといっしょに」

はっとして、

「ひょっとしてーーーやつら、おまえもさらったのか？」

イシュトヴァーンの声は震えていた。

「そんなことはございません。わたしはただ、ドリアンさまをお守りしようと思っただけでございます」

「あのガキをだと」

「幼い殿下が、大人の意向にあわせて振りまわされるのを見て堪えられないと存じました」

いくぶん悲しげに、アリサはそう言った。

「イシュトヴァーンさまにはお気に召さないかと存じましたが、誰かがあの方を愛して守ってあげなければならないと感じましたので、ついて参りました。わたしの考えたことでございます」

「それじゃ、おまえはさらわれたんじゃないってのか」

イシュトヴァーンの手に力がこもった。

「おまえの意志で、おまえの考えで、ここにいるってのか」

「はい」

「裏切り者！」

ほとばしるような声が響いた。血まみれの剣を、イシュトヴァーンはたかだかと振りかぶった。

しかし、ふりおろすことはできなかった。アリサはすでに斬られることを覚悟しているかのように、両手を胸の前で組み、細い首筋をさらして下を向いている。もうひと息で、その首はあっけなく落ちるだろう。

しかしイシュトヴァーンの剣はとまったまま動かなかった。真紅に染まった刃がわなわなと震えていた。大きく身をそらしたまま、イシュトヴァーンはなんともいえぬ苦悶の表情を浮かべていた。

（たかが娘だ……たかが小娘……すぐ済む、花を散らすようなもんだ……かんたんな……かんたん……——）

だが心の声に反して、腕はあがったまま動かなかった。イシュトヴァーンは短いうめき声をもらした。

「どうぞ、お斬りになってくださいまし」

姿勢を動かさないまま、アリサはすずやかに言った。

「どのような考えからであれ、イシュトヴァーンさまにはむかう人々に付きましたわたしです。どうぞ意のままになさってくださいまし。ミロクはすべてをみそなわしておいでです」

組み合わせた手のあいだに、ミロク十字のペンダントがかすかに光って見えた。うつむいた口もとは見えないが、声に出さずに祈りを唱えているらしい。のけぞったままのイシュトヴァーンの歯がぎりっと鳴った。

「ちぇえええい——！」

すさまじい気合いとともに剣がふり下ろされた。剣は横に流れて、壁際に置かれていた飾り棚をその上に置かれていた壺ごと両断した。破片が飛びちり、アリサにも当たった。アリサははっとしたように顔を上げ、剣を振り抜いた姿勢で動かないイシュトヴァーンを改めて見上げた。

「イシュトヴァーンさま……?」

「小娘が」

　吐き捨てて、イシュトヴァーンは背を向けた。

「てめえ一人くらい殺したってなんにも変わりやしねえや。もういい。どこでも、好きなところへ行っちまえ。考えてみりゃおまえなんざ、最初っから俺のこと殺すつもりで近づいてきたんじゃねえか。今さらなんだってんだ。どうでもいい。どこへでも、行っちまえ」

「イシュトヴァーンさま!」

　大股に出ていくイシュトヴァーンをアリサは後ろから追ってきたが、イシュトヴァーンは足を止めることもしなかった。

「陛下!」

　本宮の中からゴーラ軍がどっとあふれだしてきた。わずかなモンゴール軍がよろめきながら刃を向けているが、もはや陣もちりぢりばらばらに崩れて、見ている間にもゴーラ軍の甲冑に押しつぶされるように沈んでいく。

「陛下」

　ひとりの男がウー・リーとヤン・インの間にはさまれて連れ出されてきた。殴られたのか、頰を腫らして、鼻から血を流している。肩をつかまれて歩かされているが、足取りは不確かで、支えられていなければその場に崩れ落ちてしまいそうだ。

突き飛ばされて倒れ込んだその男は、身をそらすようにイシュトヴァーンを見上げて憎悪の視線を燃やした。

「イシュトヴァーン……！」

「陛下、と呼ばねえか。ガキが」

冷たくイシュトヴァーンは言った。

「なんだ、てめえハラスじゃねえか。さんざ痛い目に遭わせてやったってのに、まだ懲りてなかったのかよ。アリオンなんぞと組んで俺に刃向かうなんざ、また、思いきったことしたもんじゃねえか」

「黙れ、殺人者！」

不自由な手足をもがいて、ハラスはイシュトヴァーンの前に立ちあがろうとした。

「アムネリスさまを死に追いやり、数多くの同志の血でその剣を濡らして、よくぞ恥ずかしげもなく天の下に立てたものだな。その血に染まった姿こそ、本物のおまえだと早く気づかなかった私たちがおろかだった」

「そうさ、これが本当の俺さ。早く気づいてたらこんな風にならなかったのにってか？それはそれは」

ハラスの不自由な脚を、イシュトヴァーンは容赦なく靴で踏みにじった。痛みと屈辱にハラスは一瞬悲鳴をあげかけ、その後ぐっとこらえた。

「ほう？　我慢すんのか、頑固だな」

遠慮なくぐりぐりと脚をふみつけながら、イシュトヴァーンはあざけった。

「まあ悲鳴はイシュタールへたどり着くまでとっとくこったな。むこうでてめえを待ってるのはそりゃもう一寸刻み五分試しの拷問だからさ。もう誰も俺の王座に手を出そうなんてえ奴らが現れないように、うんと苦しんでから死んでもらうんだからな。死んだって助かると思うんじゃねえぜ。てめえの腐った肉がぼろぼろになって、最後のひとかけらが鴉《からす》にくわれるまでたっぷりなぶりもんにしてやるからそう思っとけ。おい、見つかったのはこいつだけか？」

最後のひと言は周囲のものに向けたものだった。ちょうどそれに答えるように、別の男が、四、五人の兵士によってたかってつかまれ、こづかれながら中庭へ出てきた。

「イシュトヴァーン！」

イシュトヴァーンの姿を見たとたん、彼は大声で叫んだ。

「この、人殺し、裏切り者、流血の悪魔めが！　きさまが地上に生まれ落ちた日を、俺は一生呪ってやるぞ！」

「だけど昔は、俺のことをそんな風には言ってなかったなあ、アリオン」

ちゃかすようにイシュトヴァーンは言った。

「ていうか、アリオンだよな、おまえ？　もう顔もおぼえてねえや。アム公の下にいたときゃずいぶんちやほやしてくれたもんだが、もうそいつは忘れちまったってかい、ええ？」

アリオンは歯ぎしりした。さきの戦いの負傷に、つかまったときの殴打の傷があわさって、左目の上が腫れ上がり、切れた唇から欠けた歯がのぞいて、ものすごいありさまになっている。

「この二人、馬車で逃げようとしていたものであります」

ウー・リーが説明した。

「護衛についていたものはすべて斬り倒しました。この二人も抵抗しようとはいたしましたが、どうやら反乱軍の首謀者とみてよいと考え、連れてまいりました」

「おう、よくやったぞ、てめえら」

イシュトヴァーンはあたりに声を投げ、いきなり、鎧を着けていないアリオンの腹をつま先で蹴り上げた。ぐふっとうめいてアリオンが前かがみになる。

「イシュトヴァーンさま、乱暴は、乱暴はおやめください」

そばで手で口を押さえて立ちつくしていたアリサが涙声で手をのばしてきた。

「その方たちにもう戦う力はありません。どうぞ丁寧にあつかってさしあげてくださいまし」

「やかましい、まだいたのか。うろうろしてるとてめえもぶっ飛ばすぞ」

　アリサの手を乱暴に振りはらい、イシュトヴァーンはアリオンの前にしゃがみ込んだ。

「てめえら二人だけで逃げようとしたってのかい。俺のガキぁどうしたよ、俺のガキは。てめえらが連れ出したんじゃねえのか？　盾に取らねえのか？　あ？　俺の前に、ほら殺すぞーってさらさねえのか？」

　アリオンは必死に横を向いている。

「なんてな」

　立ちあがりながらイシュトヴァーンは鼻で笑った。

「本当は知ってんだぜ、俺ぁ。てめえらのとこにいるガキ、ありゃあにせもんだろ」

　アリオンとハラスの肩がそろって跳ねた。信じがたいというように、そろって目を見開いてイシュトヴァーンを見上げるのへ、イシュトヴァーンは冷笑して、

「なんで知ってるのかって顔だな、……まあ、俺には俺の情報源があるってこった。だが、贋のガキを押さえてたとしても、なんでそいつを連れてこねえのかがちっと見当つかねえな。俺はてめえのガキの顔すらほとんど見ちゃいねえ。髪の色と年頃があってりゃ、こいつがそれだって言われてもハイそうですかと信じるとこだぜ。それをなんで出してこない？　ここまで攻め入られて、最後の手段ってやつじゃねえのか。なんぼ俺が人でなしの冷血野郎だって思ってても」

そう言ってイシュトヴァーンが浮かべてみせた笑いは、誰に見せても背筋に寒気の走るようなものだった。

「最後にちっとくらい親の気持ちってやつに目覚めて——いや、諸国に子殺しと責められることを考えるだけでも、ちっとくらい攻める手が緩まないかと思うんだがね」

「いま、この陣の中に、子供はおりませんわ」

高らかに言い放った声に、眉をひそめてイシュトヴァーンは振りかえった。ハラスとアリオンが、あ、あ、と声をあげて、発言者の言葉を止めようとする。

「なんでえ、アリサ。おまえ、ガキの居所を知ってるっていうのか」

「いいえ。でも、子供は、ホン・ウェン様がどこかへ連れていかれたことを知っています。どこへ連れてゆかれたかは、わたしも知りませんが」

「アリサ嬢！」

泣き伏さんばかりの勢いでアリオンが言った。つづいてハラスも、「それを……」と絶句して、アリサの口を押さえたいかのようにはげしく身をもがいた。

「ほおお」

イシュトヴァーンは低声で言った。

「おまえ、ガキが連れていかれるのを知ってたっていうのか。まさか、本物のガキが連れてかれた先も知ってるってんじゃあるまいな」

「それは知りません。本物のドリアン王子は、アストリアスさまがお連れになりました。あの方はドリアンさまを大切にしてくださいます。アムネリスさまのお子であるドリアンさまを、きっと大切にしてくださいます」

　アリサは悲しそうにイシュトヴァーンを見つめた。

「ここにいても、ドリアンさまは大人の政治の駒にしか使われません。お父さまであるイシュトヴァーンさまも、ドリアンさまを愛していらっしゃるようには見えません。わたしはただあのおさな子が、いつくしんでくれる者のもとで育つことを望んだだけでございます。それがすべてでございます」

　ああ、とうめいて、アリオンが地面にこぶしをぶつけた。ハラスもがっくりと前にのめり込む。せめてドリアンの行った先だけでも口は割るまいと思っていたのに、嘘を禁じられたミロク教徒であるアリサが、堂々とだれがドリアンを連れ去ったかを述べてしまったのだ。

「なあるほどな。よくわかったぜ」

　イシュトヴァーンは猫なで声を出した。アリサに近づき、血まみれの手の甲でアリサの頬をこすった。アリサは小さく悲鳴をあげて飛び退き、血のべっとりとついた頬に手を当てた。

「おまえのおかげで、ガキを探す手づるも見つかりそうだぜ」

ほくそ笑むようにイシュトヴァーンは言った。

「まず探すのはそのアストリアスって野郎、いや、ホン・ウェンって野郎もか？　どっちにしろ、俺のガキをさらった奴には報いはうけてもらわねえとな。ゴーラの王座に手をかけるってことがどういうことか、しっかり知っといてもらわねえとならねえ。それはガキであろうと同じことだ、本物であろうと、贋者であろうとな」

「ドリアンさまをそっとしてさしあげてくださいまし」

血まみれのイシュトヴァーンに、アリサはためらうようすもなくすがりついた。地面に身を投げだし、くるぶしにすがるようにして、

「ドリアンさまが平和に、静かにお育ちになるようにしてあげてくださいまし。すべて子供はミロクさまのお子です。大切に、愛されて育てられなくてはならないのです」

「ああ、うるせえな。ミロク教徒のたわごとはたくさんだぜ」

イシュトヴァーンは脚を振ってアリサを振り放した。つま先が胸に当たったアリサが、あっといって転がる。

「さあて、それじゃ、ここにはもうそう用はねえようだし」

あごに手を当てて、イシュトヴァーンはにやりと笑った。

「最後の仕上げ、と行こうじゃねえか」

2

城内から破砕音が響いてくる。出入りする兵士たちは肩に背中に油壺を背負っており、出てくるときはそれをからにして手に提げて出てくる。兵士たちに押さえつけられたアリオンとハラスは、「やめろ！」「金蠍宮に手を触れるな！」と叫びながらも、なにもすることはできない。必死に身をもがきながらも、地面に押さえつけられたまま粛々とトーラスの象徴が火葬に付される準備が進んでいくのをただ見させられている。

「ガタガタ言うな、クソども」

イシュトヴァーンは床几にかけ、酒の杯を片手に作業が進むのを満足げに見守っていた。

「俺はずっとこうしたかったんだよ、このうざったい城が天下にあるってだけで俺はいらいらしてしょうがなかったんだ。だけど城を焼かせるようなことをしたのはおまえらだ。おまえらが俺に刃向かうようなことをしなきゃ、城だって焼かれずに済んだんだ。いわばおまえらのせいでこの城は焼かれるんだ。呪うなら、自分を呪うんだな」

「きさま……！」

アリオンが起き上がろうとしてすぐに頭を地面にすりつけられる。

金蠍宮自体は石でできているから燃え落ちることはないが、その内装や家具などには木も多く使われている。油をかけて火をつけられれば、いかに威容を誇った宮殿といえども二度と修復することはむずかしい傷を受けるだろう。往事のモンゴールの思い出を持つ者にとって、それははらわたをえぐられるように辛いことであった。ハラスは声なく泣いていた。地面にしたたる涙を見て、イシュトヴァーンは心地よそさうに杯をあおった。

高いテラスにもまんべんなく油を撒く兵士の姿が動いている。かつてはイシュトヴァーンもあそこに白い将軍の正装で立ち、トーラスの民に手を振ったことがあったとはうそのようだ。ふと手を止めて、イシュトヴァーンは遠い目をして空を見つめた。

（アムネリス……そうだ、あん時にゃ、あの女も隣にいたっけ……もうあんまよく思い出せねえな——俺が、ここにいたことなんて、あったんだろうか——俺とここに、関係なんてもんが、一度だってあったんだろうか……）

それはあまりといえばあまりに勝手な考えだったかもしれない。一度はトーラスに入り、モンゴール救国の英雄とたたえられたのは、確かにイシュトヴァーン自身のことであったはずである。しかしいま、その過去は、寝覚めに見た夢のように遠くなっていた。

今ではイシュトヴァーンは、自分がかつてモンゴールの一将軍であったということを思いだすのさえ胸苦しく感じるようになっていた。それはそのままアムネリスの記憶につながり、やがては、すべてのはじまりだったあのノスフェラスの、白い砂の谷で起こった火炎とふたつの青い目の記憶につながっていくものであったからである。

（なんもかんも、消えちまえ……そうすりゃいっそすっきりする）

「イ、イシュトヴァーン！　いや、イシュトヴァーン殿！」

アリオンががばりと両手をついて額を地面にこすりつけた。

「頼む、金蠍宮を、金蠍宮を焼くのだけはやめてくれ！　この宮はわれわれモンゴールの中心であり、心の支えなのだ！　この宮あればこそトーラスはあり、先代ヴラド大公からアムネリス公へとつながれた絆がある！　お願いだ、どうか――――！」

「たかが三十年か四十年の田舎国が、なに言ってやがる」

イシュトヴァーンが返したのは、たいくつそうなそんな返事だった。

「どうせ一度はほろびた国じゃねえか。そこからひっぱりあげてやったのがこの俺だ。その俺がまた捨てるのになんの理屈がいる。俺はな、もうこの田舎くさいごてごてした、うすっ暗い城にはうんざりしてんだよ」

「イシュトヴァーン――！」

「おい、できたか」

血を吐くようなアリオンの嘆願に目もくれず、イシュトヴァーンは横に目をやった。そばにいたリー・ムーがぴしりと踵を合わせて、「は、まだもう少しかかりそうかと」と答えた。

「まだかかるのか。やっぱり、広さだけはありやがるなあ」

「それは、やはりモンゴールの大公宮でございますから」

アリオンが異様ならめき声を出して身を震わせた。しゃにむに身をよじって肩を押さえる兵士を振りきり、よろめく脚を踏みしめて金蠍宮に走ろうとする。しかし、たちまち四方八方から兵士が飛びかかり、その場に押さえつけられてしまった。べったりと地面に這いながら、アリオンはむせび泣いていた。

「頼む。せめて、俺もいっしょに焼いてくれ。モンゴールといっしょに俺も死にたい。あの中へ入れて、俺も金蠍宮と運命をともにさせてくれ」

「なにを言っていやがる」

杯を揺らしながら、イシュトヴァーンは舌打ちした。

「おまえにゃ、イシュタールにもどって国民の見せしめになるって役目があるって言ってんだろが。こんなところで死なれてたまるか。おい」

「はっ」

「猿ぐつわでも嚙まして、縛っとけ。舌でも嚙まれちゃ面倒だ。金蠍宮が焼けるのはまず手始めだってことを、こいつらにゃよく知っといてもらわねえとな」

「了解いたしました！」

あっという間にアリオンとハラスは縛りあげられ、猿ぐつわがかませられた。手も足も縛りあげられながら、二人は押し殺した声で泣き続けていた。冷めた目でそれを見ながら、イシュトヴァーンは酒のかわりを持ってくるよう小姓に合図をした。

（わかんねえな——自分が作ったんでもないくせによ）

国に属する、ということのわからないイシュトヴァーンである。ゴーラの国王であり、俺がゴーラだ、ゴーラが俺だ、とは思っているが、国民の国に対する帰属意識や愛国心とはとんと縁がない。もし、いま自分が敵につかまり、イシュトヴァーン・パレスに火をかけられても、怒りこそすれ涙など流しはすまいと思うのである。イシュタール、そしてイシュトヴァーン・パレスは一から十までイシュトヴァーン自身が設計し、育て、導いてきた都であり、王宮であって、その意味ではいわばイシュトヴァーン自身の身体の一部というに近い。よってそれが傷つけられれば、イシュトヴァーンは烈火のごとく怒り、傷つけた者に対して復讐を誓うだろうが、アリオンやハラスのように、めそめそと泣いて運命をともにしようなどという気はかけらほどにもない。

日も暮れてきた。空が少しずつ藍色に染まりはじめたが、まだ燃えている建物のある市街の火勢が照らす火で星は少ない。夜の澄んだ空気を、煙の匂いと油の匂いがかき乱していく。

すっかり陽も落ちきり、かがり火が宮殿前の広場を照らし出すころになって、ようやく一人の武官がイシュトヴァーンのそばに立ち、敬礼した。

「すべて準備が整いました、陛下！」

「そうか。じゃ、やれ。すみずみまできれいにな」

「はーっ！」

数人の兵士が進み出た。先端にゆらゆらと火の上がる矢を弓につがえ、満月のように引き絞る。びんと音を立てて放ったとき、アリオンとハラスの喉からはげしいうめき声がもれた。火矢はテラスに落ち、やがて、濃い煙が紫紺色の夜空めがけて立ちのぼり始めた。

続いて、手に手にたいまつをかかげた兵士たちがぞろぞろと中に入っていく。

「気をつけろよ、てめえを火葬にするんじゃねえぞ。こんなところで田舎城と心中するのはごめんだろうからな」

「は。心得ております」

イシュトヴァーンの軽口にも生真面目に答えて、隊列は中へ進んでいく。火矢だけでは届かない内部に火を放つ部隊である。アリオンとハラスの身体が押さえられた叫びにわななわなと震えている。

やがて、金蠍宮のあちこちから、うすい煙が立ち始めた。それはしだいに濃くなり、漆黒の煙となって渦巻きながら夜空に立ちのぼった。ぱちぱちというかすかな音がやがてごうごうという音にかわり、足早に出てくる兵士たちと入れ替わるようにして、窓や扉から、いやな臭いの煙がねじれながら噴きだしてきた。

ちらりと炎が窓から頭をのぞかせると、あちらからもこちらからも、躍る炎の舌がのびてきた。開け放たれた正面扉の中は渦巻く煙で真っ黒だった。その暗黒の中にちらちらと光る火の粉が飛んでいた。あたかも黒い水の中を泳ぐ小魚の群れのようであった。

「なんだァ、もっと景気よく燃えると思ったが、そうでもねえんだな」

「基本は石造りでございますからな。しかし、中は火の海でございますよ。燃えやすいものにはくまなく油を振りかけ、火を放っておりますから」

そんな会話が聞こえているのかいないのか、アリオンとハラスは、縛られて両膝をついたまま凝然としていた。ハラスはかたく目を閉じ、なにか祈りの言葉でも唱えているのか猿ぐつわの下の唇をかすかに震わせていたが、アリオンはかっと目をむきだし、黒煙と火の粉に包まれる金蠍宮を身じろぎもせずに凝視している。まるで魂だけでもその炎の中へ投げ込み、城もろとも己を焼き尽くそうとでもいうようすであった。

「時間がかかりそうだな。俺ァ休むぜ。見張りはまかせた」

酒を飲み干すと、ひとつ大あくびをして、イシュトヴァーンは立ちあがった。

「天幕へ戻られますか」

　そばに控えていたスー・リンが尋ねた。

「ああ、まあな。そいつらはしっかり押さえて、見張りをつけとけ。いいか、逃がすんじゃねえぞ。イシュタールへ戻ったらうんと働いてもらわなきゃあならねえんだから」

「はい。それから、あの、いかがいたしましょうか——その、例の女人でございますが」

「なんだァ」

「その——アリサ、と申す女のことでございますが」

　イシュトヴァーンは黙ってしまった。アリサは先に駐屯地のほうへ送られ、見張りをつけて閉じこめられてあったが、それ以外の命令は、まだ下されていなかったのである。

「いかが、いたしましょうか——一休みなさってから尋問なさいますか。どうやらあの女、ドリアン殿下の行方について何やら存じ寄りのようす、陛下がおたずねになれば、答えぬことはあるまいと存じますが——」

　スー・リンは言いよどんだ。彼らにしても、アリサがイシュトヴァーンの身の回りの世話をしていた女であることは知っている。しかし、いったいどういう成り行きでそういうことになったのか、イシュトヴァーンの愛妾なのかどうなのか、知っているものは誰もいなかったし、それをイシュトヴァーンに問うて、不興を買いたいものなどもっと誰もいなかった。彼らにとってもアリサがここで囚われたことは驚きであって、イシュトヴァーンがどのようにこの女に対するかは、ひそかな取り沙汰のもとにもなっていたのである。

「放っとけ」

「は……」

「俺がその気になったら尋問する。今はそういう気分じゃねえ。とりあえず見張りだけつけて、適当にやっとけ。逃がさねえようにはしろ。わかったな」

「は、はい」

そのままイシュトヴァーンは馬に飛び乗り、旗本隊を従えて駐屯地へ戻った。背後では暮れた空に、トーラスの燃える炎が赤々と煙を上げ続けている。


翌朝、イシュトヴァーンは三千の軍隊を残してトーラスを離れた。残った軍勢はトーラスをさらに破壊し、まだ残っている数少ない住民をとらえるために残された部隊で、くすぶりつづける金蠍宮の後始末と見張りも兼ねていた。もはやトーラスがかつてのような姿を取りもどすことはないのは明らかだったが、イシュトヴァーンは、自分に逆らった都市、自分に逆らう者が寄り集まった都市を、放置しておくつもりはなかったのだ。

イシュトヴァーンを中心にした約二万のゴーラ軍は、ふたたびガイルン砦を通過し、アルバタナへの道をたどった。軍の真ん中に、物々しく作られた檻馬車が作られてアリオンとハラスの二名を閉じこめていた。そのすぐうしろに、同じように固く兵士に守られてはいたがこれはごく普通の馬車が続いていた。アリサの乗った馬車だった。見張り代わりに小姓が一人つけられていたが、アリサの自害を恐れたリー・ムーやヤン・インは、せめて手くらいは縛るべきではないかとイシュトヴァーンに進言した。イシュトヴァーンはさげすむような眼を向けた。

「あのなあ、あの娘はミロク教徒だぞ。ミロク教徒は自殺は御法度なんだ、おまえ、そんなことも知らねえのか。ほっといてもあの娘は死なねえよ。どうでも心配なら、おまえ自身がそばにくっついて見ててやるんだな。俺はごめんこうむるぜ」

そう言われてしまうと誰も反対できる者がなかった。アリサは与えられた馬車の中で静かにしており、両手を組み合わせてひそやかにミロクに祈りを捧げ続けていた。それはこのいくさで命を落とした人々へのものかもしれなかったし、また、これから向かうイシュタールで出会うかもしれぬ、おのれの運命に向けたものであるかもしれなかった。

檻馬車の中では、四肢をしっかりと縛りあげられ、猿ぐつわをかまされたアリオンとハラスが渇きと痛みに呻いていた。アリサは縛られてはいなかったが、このモンゴール軍の首謀者二名に関してはなんら手控えは行われなかった。申しわけばかりの水と、乾いたパンのかけらが与えられるだけで、二人はみるみるうちに痩せ、やつれていった。

カダインやオーダインにまだ反抗勢力が残っている可能性はあったが、トーラスが陥落し、首謀者がとらえられた時点で結集して再び軍をあげるだけの余力はもう残っていないだろうとイシュトヴァーンは踏んでいた。トーラスからの逃亡者が流れ込んでいるだろう以上、イシュトヴァーンがトーラスに何をしたかはつたわっているだろうし、それを考えれば、再びいらぬ動きをして同じ目に遭うことは避けたいと思うのが街のものの考えだろう。

さらにイシュトヴァーンは四方へ使者を飛ばして、連れ去られたドリアンの行方を捜させていた。これ自体はほとんどイシュトヴァーンの興味を引くものではなかったが、いったんこの息子がゴーラ王の玉座をねらうものとして名乗りを上げた以上、どこかよその国家――たとえばクム――に連れてゆかれて、そこで再び旗揚げされては面倒になる。

（息子なんかじゃねえ、奴は敵だ……）

そう思うイシュトヴァーンだった。思えばアムネリスに孕まれたときから、ごたごたしか起こしてこない存在だった。今でもおのれに息子がいるということ自体、実感のわかないイシュトヴァーンである。それよりもくだらぬ輩に誘拐などされて、旗印になど持ち上げられたことへの怒りの方が強い。

（イシュタールへ戻ったらどうすっかな）

いったん王太子として立太子済みである以上、このまま見つからずにおくわけにはいかない。しかし王太子であると同時に、モンゴール反乱軍にかつがれて旗印にされた犯罪者でもある。処置としてはドリアンを廃太子とし、あらためてモンゴールの血筋などという面倒なものの入っていない、あらたな子供を作るかだ。

（けど、それも面倒くさいんだよなあ――産ませる女を見つけなきゃだし、またその女を抱いてやらなきゃならんってのが面倒でかなわねえ）

女というもの自体にアムネリスですっかり懲りているイシュトヴァーンである。今さら後宮に妾妃をいれることなど考えたくもない。しかし、イシュトヴァーンのゴーラ王朝がこの後も続いていくことを考えると、確固とした跡継ぎはどうしても必要だ。

（おっと、そういえば――俺にゃもひとり息子がいるんだったな）

その考えは唐突に記憶の中に現れた。カメロンの死という大きな衝撃に見舞われて忘れかけていたが、自分には、フロリーとの間にもう一人息子がいたのだった。もともと、パロへ入った大義名分も、そこに自分の息子がいると聞いたからだというものだった。リンダへの求婚に気を取られて最後まで追及せずにすんでしまったが、確か、パロを出て、その先の行き先は知らぬとかなんとか、あのヴァレリウスの野郎が抜かしていたようだが――確か、ヤガにいるんじゃないかと考えたこともあったっけな。

（その、もう一人の息子ってのを、王太子にあげるのも手だな）

馬を歩ませながら、イシュトヴァーンは考えた。

（フロリーは宮廷に入るのはイヤだと言ってたようだが、なあに、見つけて連れてくりゃイヤだもくそもねえ。俺の息子なんだ、俺が自由にしたっていいだろ。歳はドリアンより上らしいし、こりゃ、ちょっといい考えじゃねえか？　ヴァレリウスの野郎はなんて言ってたかな、そうだ、イシュトヴァーンだ——俺とおんなじ名前を、フロリーはその子につけたんだと言ってた）

もはやフロリーの顔も覚えていないイシュトヴァーンだったが、この事実は彼をたいそう気分よくさせた。

（俺を嫌ってたり、憎んでたりなんぞしたら、そんな風に俺の名前を息子につけたりはしねえだろ——アムネリスの奴、いや、いや、あんな奴のことは思いださなくっていい——俺のことがまだ好きで、それで生まれた子に俺の名前を記念につけたってんなら、俺が迎えに行けば、俺についてくるってことでいいじゃねえか。あんな細ッこい、かよわい、風にもたえないような娘だった……一人で息子を育ててるにゃ、それなりの苦労はしてるはずだぜ）

（だから俺が見つけてやって、イシュタールにつれてって——むろん、リンダのことがあるから、妃にゃしてやれねえが、それでも息子の乳母ってことなら——リンダがイヤだってんなら、フロリーだけ金をやってどっかほかの好きなとこで暮らさせりゃいいん

だし――俺の血を引いた息子――こいつは、考える価値のあることだぜ）

イシュトヴァーンは眼をほそくして頭をあげた。もはやトーラスは遠く、その煙も炎も視界から消え去って久しく、そこで働いた暴虐はイシュトヴァーンの頭からほとんど消え去っていた。

（俺だけの血を引いた息子ってんなら、ややこしいことにもならねえし――あんな、モンゴールなんて泥臭い田舎国家の奴らにかつがれたりもしねえだろ。俺の手もとで、俺がしっかり教育する――ちゃんとした男になるための学問って奴をたたき込んでやれば、いくらあの弱々しいフロリーから生まれた息子だって、ドリアンよりゃましなあとつぎになるってもんだ。そうとも）

細めた目で、イシュトヴァーンは周囲を見回した。そのあたりはガイルン砦を越えてアルバタナへ向かう途中の街道上で、周囲にはまばらな林が広がり、そのあいまあいまに、小さな集落や、畑や、家畜をかこっておく柵などが点在する農村地帯だった。そうした家々のひとつから、ふっとフロリーが出てきはしないかというように、イシュトヴァーンは鋭い目を向けた。

（俺の息子……イシュトヴァーン、ええいややっこしいな、ちびすけを早いとこ見つけて、ドリアンの野郎とすげ替えるのが一番かな。そうすりゃあとつぎの問題もなくなる……俺の血を引いてる俺の息子が、ゴーラの王になるんだ。なんの問題もねえ）

「おっしゃ。決めたぞ」

「は」

そばを進んでいたスー・リンが、不思議そうにまばたいて聞きかえした。

「なにか、おっしゃいましたか。陛下」

「別に。なんでもねえ」

イシュトヴァーンはすげなく答えて、遠くを見つめた。空は青く、刷毛ではいたような雲が高みを流れている。カメロンからその息子の存在を聞いたときのことを思いだし、とたんにカメロンを殺したことに思い当たってあわてて思念を追い払う。カメロンの死はいまだに、イシュトヴァーンにとって正面から向かい合うのはきつすぎる記憶だった。

（パロ……あの人はどうしてるかな……）

（俺のことを気にかけてくれて……俺をかわいがってくれて……そうして）

（このことを言ったら、あの人はなんて言うだろう……『それはいい考えだね、イシュトヴァーン』って言ってくれるだろうか……あのきれいな声で……きれいな顔で）

ふいに、はらわたがぐっと持ち上がるような気がした。

（「ナリスさまが死んだなんて……俺にはまだ信じられねえ」）

（「なあ。俺は絶対信じねえぞ。……もしも、そうだとしたって……なあ、ナリスさまも一緒にゆけばいいんだ。三人で、イシュタールへゆこう。イシュタールはいいぞ……

俺が作ったんだ。最高の都だぞ。きれいで、便利で、いくさにも最高で……」)

(「ナリスを……あんな……あんなことにして……」)

(「あなたは、ナリスを殺したのよ。殺してしまったのよ」)

「う……」

「陛下？」

急に口を押さえて馬の首に伏せたイシュトヴァーンに、スー・リンはぎょっとしたようだった。

「どうなさいました、陛下？　陛下！」

「なんでも……ねえ……」

急激にこみ上げてきた胸のかたまりに肩で息をしながら、イシュトヴァーンは答えた。だが脳裏で鳴り響く彼自身の記憶の声は容赦なく続いた。

(「そんなことをいうの、やめろ。……ナリスさまは……いやだ。見たくない。ナリスさまは死んでなんかいない。眠ってるだけなんだ。そうだろう。……いや、そこにあるのはなんか作り物のにせもので、本当は……これだって、俺をだまそうと……」)

(「ナリスさま……」)

(「俺じゃない……俺はそんなつもりじゃなかったんだ……本当に俺は……」)

「陛下」

おずおずと肩に手を乗せられて、イシュトヴァーンはわれにかえった。背筋を冷たい汗が流れ、手はじっとりと湿っていた。

「陛下、なにか、ご気分でも」

「何でもねえって言ってるだろ」

振りはらうようにイシュトヴァーンは前を見た。クリスタルで彼を癒やしてくれた夜の色の瞳が夢のように目の前に浮かんだ。

（そうだ……何でもねえ――あの人は俺の味方だ……俺を愛してくれる……俺の運命共同体なんだ……）

しかし厭な感触はいつまでもイシュトヴァーンの腹の底にねばりついてぬけなかった。

「俺じゃない、俺はそんなつもりじゃなかった」という彼の口にした言葉は、カメロンの死をも刺激して表につっきだしてきた。青ざめた顔に、戦勝の将には似つかわしくないきびしい表情を浮かべて、イシュトヴァーンはひたむきに遠い空を眺めていた。

3

ヴァラキアの昼下がりはゆったりしている。朝、ぴちぴちはねる新鮮な魚をおろした漁船は次の漁に備えて港に係留され、波に揺られている。競りも終わり、魚は市場に運ばれていって、それぞれの売り先へと持ち込まれていく。小魚を拾い集めたり、貝や魚を手車にのせて売り歩く子供や女たちは呼び声をあげながら歩いているが、それもとろりとした午後の空気をより眠たげに、平和なものにしている。

開かれた魚が家々の屋根でびっしりと干されて屋根瓦のようになっており、軒先からは巨大な蛸《イーヴァ》の開きや海藻がぶら下がって潮風に揺れている。子守り女に連れられた裕福な家の子供たちが散歩に歩く横を、同じような年の子供が頭に載せたかごに魚をのせて必死に売り歩いているのもいつもの光景だ。

港の子供たちはたとえ幼くとも自分の食い扶持は自分で稼ぐことを求められる。ほとんど裸で魚を売り歩く子供から守るように子守り女が連れた子供を道の端へ寄らせる。家の前の階段をベンチ代わりにして、水ギセルをふかす老人たちがそのようすを眺めながらボッカの駒を争わせている。

　石畳の上り坂を、早足にあがっていくものがあった。黒い髪、黒い髭、足通しは革の生成《きな》りのものだが、刺繍のある胴着は黒である。彫りの深い顔立ちに高い鼻、鷹のようにするどく黒い目が光っている。

　黒太子スカールは港から少しの上ヴァラキアのほうへ向かう道を進んでいた。脇を通りすぎた魚売りの子供から、数匹の新鮮な魚を買い求める。子供は魚を器用にさばき、木の葉に包んでスカールに渡した。その包みを持ってスカールが向かった先は、上ヴァラキアと下ヴァラキアの境目当たりに位置する、こぎれいな一軒の家だった。扉を叩くと、フロリーが「どなた？」と言いつつ、かいがいしげに前掛けで手を拭きながら扉を開けた。

「まあ、スカールさま。このようなところにおいでいただきまして」

「なに、気にするな。ちょっと様子を見ておきたかったものでな」

　スカールは白い歯を見せてにやりと笑った。

　フロリーは嬉しげにスカールを中へ請じ入れ、椅子を勧めて海藻茶を出した。独特の潮の香りのするその茶を口に運びながら、スカールは、

「どうだ、もうすっかり生活は落ちついたか。お前ほどしっかりした女なら、そう心配することもないかとは思っていたのだが」

「お気遣いありがとうございます。おかげさまで、つつがなく過ごしております」

フロリーは微笑みながら家の中を見渡した。こぢんまりした家だが、中は何もかもよく整頓されていて、こざっぱりと清潔そうになっている。窓のそばに寄せた机には引き受けものらしい服や布がきちんと積んであって、糸のついた針やはさみが箱や物差しに交じって置かれていた。

「仕事の邪魔をしたのでなければよかったのだが」

「とんでもない。ちょうど、少し休憩をしようと思っていたところでございますよ」

フロリーは笑って否定した。彼女はヴァラキアでひとまず生計を立てていくことに決め、スカールやブランからの口添えをもらって、この小さなしもたやに越してきたのだった。得意の針仕事で、もうすでに多くの注文を受けているらしい。小さな山になった布を見やって、スカールは目元をゆるめた。

「子供らは元気か？」

「はい、よろしければ、今お呼びいたしましょう。――スーティ、リア、スカールさまがおいでですよ。出てきてご挨拶なさいな」

呼ばれるのを待っていたとでもいうように、奥から年の割にはがっちりした黒い髪の幼児が転がり出てきた。

「スカールのおいちゃん！」

と興奮して叫びながら、スカールの膝にむしゃぶりついてくる。

　あとから、かなり小柄で細く、足もともおぼつかない幼児がよちよちと姿を見せた。こちらも黒髪だが、スーティが目も黒いのに比べてこちらの目は鮮やかな緑色である。スーティがスカールに飛びついて抱っこされているのにとまどったように、戸口のところに立って指を口の中につっこんでいる。

「リアと呼んでいるのか」

「はい。さすがに本名を呼ぶのははばかられますし、それに、小さな子供にあのような名前で呼びかけるのはどんなものかと思いましたものですから」

　フロリーが優しく呼ぶと、リア――ドリアンは指を口から離して、おずおずとこちらへ向かいかけた。まだおぼつかない足取りが、敷物に引っかかってよろめく。

　そのとたん、さっとスカールの膝から飛びおりたスーティが、弟が倒れる前にすばやく肩をかかえて支えた。

「あぶない、あぶない。リア、あぶないよ」

　スカールは思わず声を立てて笑った。

「ほう、りっぱな兄振りだ」

「ええ、ほんとうに。少々リアが泣いたり、ぐずったりしても、スーティがいるとすぐになだめてくれて私はとても助かっているんですのよ」

リアを支えたまま ちょこちょこスカールのところまで歩いてきて、誇らしげに前に押しやってみせる。スカールが手をのばすと、リアはもじもじしていたが、思いきったように背伸びしてスカールの手をとった。

抱きあげると、子供の乳くさい重みと温かさが伝わってくる。リアはしばらくじっとしていたが、やがて安心したのかもぞもぞとスカールにしがみつき、落ちついてしまう。

スーティの方は焼きもちをやくでもなく、むしろ自慢げな顔でスカールに抱かれている弟を見上げている。スカールはまた笑った。

「この子供らがいれば退屈はしなかろうな。……アストリアスはどうしたのだ」

「今朝から港の方で荷運びの仕事があるとかで出かけられました。そこなら顔のことも気にされないだろうとおっしゃって。無理をなさらなくとも、お世話なら私がさせていただくと申しあげたのですけれど、ただ世話になるばかりでは私にもリアの母上にも申しわけがたたぬとおっしゃって」

ドリアンといっしょに反乱軍をぬけてきたアストリアスは、火傷で崩れた顔を布で隠してフロリーの家の二階に寝起きしていた。全身を火傷に冒されたアストリアスを、フロリーが見捨てておくことができずに自分の家へ引き取ったのだが、ドリアン改めリアと呼ばれるようになった王子のそばにいられることが嬉しいのと、子供がいるとはいえ女性のもとに身を寄せていることの板挟みになっているようで、働きに出ては遅く戻ってきて、時には外で眠ることもあるらしい。

ミロク教徒であるフロリーとしてはおそろしい火傷あとに全身を痛めつけられたアストリアスは気の毒な救うべき相手なのだが、アストリアスにとっては、そこそこ愛らしい顔つきのたおやかな女性と同じ屋根の下で生活することは、具合の悪いこととしてとらえられるようだった。

「まあ、何はともあれ、無事にお前たちが落ちついているようでよかった。俺はこれからパロに発つのでな、ひと言別れを告げに来た」

「おいちゃんいっちゃうの？」

スーティが目を丸くした。

「まあ、パロに」フロリーは大きく目を見開いた。「どこに？」「どうしてですの？」

「……いや、まあ――な。少しばかり用事があるのさ」スカールははぐらかした。

「さようでございますか……」

「おいちゃんいっちゃうの？　もうもどってこないの？」

スーティがしきりにまつわりつく。スカールはそちらへ微笑して、そっとリアをおろした。するどい目元がいがいなほど緩んで、笑いじわが広がった。

「ああ、おいちゃんはいってしまう。おいちゃんはな、スーティ、そうやって流れ流れて生きていく人間なのだ。同じ一つところになどいたことがない。戻る故郷も持たぬ身で、あすはこちら、あさってはあちらと旅をすることだけが人生の人間だ」

「スーティといっしょにいてくれないの？」

「スーティには母さまがいるだろう。それと弟が。遠くモンゴールまで行って取り返してきた弟だ、うんと大事にしてやるがよいぞ」

スーティは一瞬泣くかと思われるように顔を引きつらせたが、ちょっと鼻をすすり上げると、スカールの長靴にしがみついて何度も頭をすりつけた。それをしてしまうと気が晴れたようすで、まだ抱かれている弟に向かって、

「リア、おいちゃんいっちゃうんだって。おわかれいわなきゃ、だめ」

「おう、まったく、よくわきまえた子供だ、お前は」

スカールはスーティの頭をくしゃくしゃとなでた。

「元気でおれよ。俺には子供はおらんが、子供とはこのようなものかと初めて思った相手がお前だった。母と弟とともに、仲良く幸福に暮らすがよい。及ばずながらお前の幸運を祈ろう」

「ありがとうございます、スカールさま——ほら、スーティも、リアもお礼を申しあげて」

「あいがとう、スカールおいちゃん」

「あ——あ——ああがとう」

小さな声でリアも言った。それはスカールがここに来てからリアが初めてしゃべった言葉だったが、小さく、震えていて、まるで恥ずかしがってでもいるかのように響いた。笑いながらスカールはリアをおろした。

「――それではな、スーティ、リア、母さまの言うことをよく聞いてよい子にするのだぞ。フロリー、達者で暮らせよ。もうあの邪教も、このヴァラキアまでは追いかけては来ぬだろうからな」

「はい。ありがとうございます」

フロリーは丁寧に礼をして微笑んだ。海藻茶を飲み干すと、スカールはもう一度スーティとリアの頭を乱暴にかきまわして、親子のささやかな家をあとにした。

ヴァラキア公邸に身を寄せているヨナのもとへ行くためにさらに坂を上りながら、幼い子供にお前たちの父を殺しに行くのだと言うことができなかった自分を笑いたいような気分になっていた。

草原の民の掟からすれば、親子一族の罪はすべて復讐の対象になるが、冒険行をともにして、スーティやドリアンにその父の罪を求める気持ちはもうなくなっていた。非人《ノーマンズ》境《ランド》で遠く遠くから護りのひと矢を放ってくれたリー・ファの魂に出会ったことで、心の渇きがいくらか鎮まったこともあったかもしれない。いまもイシュトヴァーンのことを考えると狂気のような憎しみがもえあがってくるのは変わらないが、それを罪もない子供らにまで押しつけようとは思わなかった。

ヴァラキア公邸は湾を一望のもとにする高台に建てられている。ほかのほとんどの建物と同じ白い石造りで、ゆるやかな曲線を描く屋根は海と同じさざ波を描く青色だ。見張り塔や城壁からはヴァラキア公旗が風になびいてはためいている。

「ヨナ」

部屋へ入っていくと、ヨナは青ざめた顔をあげて出迎えた。開いた窓から青い空と、ヴァラキアの町が一望できる。明るい光を受けて、ヨナの顔は今にも透きとおりそうだった。ヴァラキアについて、クリスタル壊滅の報を聞かされてから彼の蒼白い顔はいっそう蒼白くなり、そげた頬はいっそう肉を落としていたのであった。

「スカールさま」

「また、顔色が悪いな。食べるものも食べていないのだろう。そんなことでは、クリスタルに戻るまで持たんぞ」

「ご心配をおかけしまして……」

かすかに、目もとだけでほほえんだが、いっそうげっそりと痩せてしまった顔にはそれは幽鬼が笑ったような印象をしか残さなかった。

「身体のほうはもういいのか。ボルゴ・ヴァレン王の船に同行するつもりでいると聞いたが」

「はい。ここからクリスタルに戻るにはそれが一番安全で早いだろうと存じますし――クリスタルが壊滅したなど、この目で見るまではどうしても信じることはできません。たとえ危険だと言われても、クリスタルは私の故郷です。かなわぬまでも、戻って、なにが起こっているのかを確かめるまではじっとしていられません」

「お前の故郷はヴァラキアではなかったのか」

「生まれはそうですが、学問生活を送り、長い時間を過ごしたあとでは私の心はクリスタルにあります。かつて――かつて、命を捧げてあの方が守ろうとした国に、再びこんなことが起ころうとは」

　唇をかみしめてわずかに言葉をとぎらせたが、それに連れて続いた口調は平静だった。

「スカールさまこそ王の船にいっしょに乗っていらっしゃるのですか。――イシュトヴァーンがクリスタルにいると知れてからは、その場で馬に飛び乗ってクリスタルめがけて駆けて行かれるのではないかと思っておりましたが」

「俺はもともと、おまえを守ってクリスタルであればクリスタルまで連れ戻してやると約束したものだからな」

　スカールは豪快に笑った。

「おまえがクリスタルに戻るのであればそこまで送ってやるのが俺の務めだろう。――それに、イシュトヴァーンはクリスタル・パレスにひそんで姿をあらわさんと聞く。パレスには結界が張られ、中に入ることはだれもできんとも。ならば俺一人でクリスタルに向かったところで仕方がない、魔道師のつれをともなって、イシュトヴァーンをパレスの殻からえぐり出してやらねばならぬというものだが――ヴァレリウスはどうした」

ふと気づいてスカールはあたりを見回した。裏町の部屋で見つけられたヴァレリウスも、ひどく衰弱した状態でこの公邸へ引き取られて、養生していたはずである。

「あいつもどうやら起き上がれるようになったと聞いたが、どうしている」

「さあ、私もここ数日は顔を合わせておりませんので、くわしいことは」

困ったようにヨナは言った。

「あのアッシャという少女が熱心に世話をしていると聞いていますが、どうしているのかまでは私のところまでは届いてきません。もともと疲労と心労が重なったためだそうですから、それほど重い状態にはなっていなかろうと存じますが」

「あの男も因果なものだな」

感慨深げにスカールは顎をなでた。

「アルド・ナリスに骨がらみ見込まれたというか、魅入られたというか、あの麗人にはそういう力が確かにあったとは俺も思うが、よくせき囚われたものだ。もとは魔道師として生きることが性に合っているのだろうに、今もナリスに囚われたままでいる」

「……あの方は、かけがえのないお方でしたから」

言葉すくなにヨナは答えた。

「かけがえのない、などという言葉では、いいつくせないお方でした。あの方がいない世界など、考えられないほどのお方だったのですよ。私がヤガへ巡礼に出たのも、ひとつには、あの方のいない世界で自分が何をしたらよいかわからなかったからかもしれません」

「俺もそうだ。アルド・ナリスのいない世界など想像できないし、したくもないと思った。だが奴は死に、そうして俺やおまえは生きている。そうだな」

「そうですね……」

「生きている以上、日々はやってくる。物事も起こる。われわれは生きていかねばならんのだ。ヴァレリウスには、今ひとつ、そういうことがわかっておらん気がしてならん」

「ヴァレリウスさまは、だれよりも近く、ナリスさまのおそばにおられた方ですから……」

「それはわかっている。だからこそ、クリスタルの壊滅にも心に食いこむように胸を痛めているのだろう。クリスタル公から預かった都市だからな。例のキタイの竜王が送り込んだ怪物からようやく取りもどしたはずのクリスタルを、潰されたことがひどく堪えてならんのだと思う」

草原の民であるスカールには石の都を失ってそれほど悲しむ心というのはよくはわからなかったが、彼らがもとの主人とともにかつて守ろうとし、グインの助けあっていったんは守り抜いた故郷を思う気持ちはよくわかった。

このヴァラキアで病の身をやしなうヴァレリウスに再会したときは驚いたが、その口からクリスタルの惨状を聞いたときはまだ半信半疑だった。草原の民にとって、人々がうろこの生えたトカゲの化け物になって襲ってくるという話は眉唾物にしか思えなかったのである。しかし、前のパロ内戦の時に、人の身体に竜の頭をした兵士という怪異はスカールも目にしている。ああいったものが存在する以上、トカゲの化け物なるものも鼻で笑ってすますわけにはいくまいというのがスカールの考えだった。

クリスタルには今、そういった化け物があふれているのだという。

「ボルゴ王が真実なにを思ってクリスタルに出兵するのか俺は知らんし興味もないが、娘の懇願という理由のみがこの遠征にあるわけではなかろう。この機に乗じてクリスタルを乗っ取ろうとする陰謀であったところで俺はおどろかんが、沿海州から遠く離れた内陸であるクリスタルを押さえたところでどうなるのかという疑問はある。海によって国が成り立っている沿海州にとって、内陸のパロなど手に入れたところでそう利益があるとは思えん」

「それは、私も考えています。ヴァレリウスさまは、ボルゴ王が例の古代機械を手に入れようとしているのではないかとのお考えでした」

「また、古代機械か」スカールは苦い顔をした。

「だが古代機械は、おまえの手で止められたのだろう」

「はい、グイン陛下のご命令通りに。あれを蘇らせられるのはおそらく、ケイロニアのグイン王その人しかいないのではないかと私は考えています。これはその後一度だけ、勝手にあの機械が動き出した経験にもよる考えですが」

「それは、どういうことだ」

けげんな顔をしたスカールに向かって、ヨナは以前グインが記憶喪失のままパロを訪れたとき、古代機械が勝手に彼を吸い込み、なにやら修復をほどこしてまた吐き出したときのことを語った。スカールはうろんそうに片目を細めて聞いていた。

「だれも操作も、命令もしないのに、機械がグインを勝手に治したというのか。ますますもって妙なしろものだな、あれは。俺が会ったときには記憶をなくしていたグインが、記憶を取りもどしてケイロニアへ戻ったのはそのせいか」

「古代機械については私たちは、わからぬこと、知り得ぬことが多すぎて、ほとんど手が出せぬも同然なのです。私はナリスさまのおそばでいくらか研究する光栄を得ましたが、それでも、わかったことなどというのはほとんどありません。ナリスさまが亡くなられたいま、おそらくあの機械に命令できるのはグイン王ただお一人でしょう。ただ王の記憶は、機械によってかなり再編されていて――古代機械に関するところはとくに、記憶もなければ興味もあまり持たないように調整されているようなのです。私はパロで王のご記憶の治療にたずさわりましたが、あの機械による記憶の回復というのはきわめて恣意的な――機械にとってこういう言い方が当てはまるのかどうかはわかりませんが――ものだと感じました。なんといったか――そうだ――『《らんどっく》母星ヨリ、第五次ノ修正ノ命令ニ該当スルでーた・こんとろーるヲ部分的ニノミ修復セヨ』」

「ランドック……第五次……データ・コントロール……なんだそれは」

「わかりません。そして古代機械そのものも、そのただ一度の起動をのぞいてふたたび完全に結界の内側に引きこもっています。グイン王がもしその存在を忘れるか――もしくは、まったく興味を持たなくなったとしたら、もう二度と、あの機械は目覚めず、死んだままでいる。そのはずなのです」

奇妙な沈黙が二人の上に流れた。それはあまりにも理解を超越した存在に対する、なんとはない畏怖のせいかもしれなかった。スカールは大きく息を吐き出した。

「もし俺がノスフェラスで見聞きしたことがなければ、すべてのことはたわごとだと笑って言ってやれることだろうが……ロカンドラスに見せられたことを考えれば、そのようなことも世の中にはあるのだろうと思える。そんな奇妙なしろものが、パロ以外の国の人間のいうことなど、まず聞くまいと俺は思うのだがな。グイン以外にマスターであったナリスは死んだし、ただパロの王族であればいいというようなものではないのだろう」

「古代機械のマスターはただひとり、古代機械の方からこれと指名した人間が選ばれてマスターとなります。王家の人間にもいちおう使い方は伝授されますが、それにはきびしい選定と試験があって、だれでもよいというわけではむろんありません。それにただ使用法を知っているだけではあの機械に接近することはできません。機械自体がマスターとして認め、その命令を受け入れるようでなくては」

「まるで人間よりかしこいようなふるまいだな。機械のくせに」

スカールは鼻を鳴らした。

「古代機械そのものは俺も元気だったころのナリスに連れられて一度だけ見たことがある。確かに奇妙なものだったし、ただならぬものを感じたが、それでも機械は機械だろう。その上すでに死んでいるものを手に入れようとするのは愚の極みだと思わないでもないがな」

「目的はどうあれ、イシュトヴァーン王をクリスタルから逐って首都を回復するというたてまえについては私たちは反対できないのですから」

ヨナは両手を塔のように組み合わせて言った。

「そのためにわざわざ傭兵を雇い、金をかけて遠いパロへと遠征の旅にのぼるのはご親切なことだといわざるを得んな。もともと海兵が主力で陸兵の少ないアグラーヤが、そこまでしてクリスタルへ行きたがるのはやはりろくでもない企みがあるとしか思えん」

「とはいえ、私たちは口出しのできない立場ですから」

　ヨナは言った。

「クリスタルを取り返してやるといわれれば否とは言えません。古代機械のことに関しては、私は過去に少しだけ研究に関わっていたものとしていまの状態ではだれの手も届かないだろうとある意味では安心していますが、それがわかったとき、ボルゴ王がどういう態度に出るかは少々気にかかります」

「放っておけ」無関心にスカールは言った。

「おまえたちはその、トカゲの化け物などというものがクリスタルを席巻しているという状態だけ考えていたらいい。そやつらは剣で殺せるのか。まさか不死身というわけではあるまい」

「ヴァレリウスさまのお話では、非常にうろこが硬く苦戦はするようですが、剣や、魔道の火も通用するとのことでした」

「ならば心配することはないな。剣の通用するものを俺はおそれん。イシュトヴァーンが何を考えてそのようなもののど真ん中にいるのか知らんが、一騎だけでも駆けぬけて、奴の首を取るだけだ」

「スカールさまなら、そうなさるでしょうね」

　ヨナはかすかに微笑して、目を伏せた。イシュトヴァーンとスカールが、正面切ってたたかうことがあれば、どうすることもできぬままに胸に複雑なものを抱えずにはいられないヨナである。スカールはまつげを伏せたヨナをちらりと見たが、それ以上、なにも言おうとはしなかった。イシュトヴァーンの名を口にするたび、その鷹のような目の奥にゆれる瞋恚《しんに》の炎はまだ残っていたが、それを重ねて口にしてこの年少の友人を苦しめるつもりも、またなかったのである。

「おおそうだ、ボルゴ王はさきにドライドン騎士団をクリスタルに送り込むことにしたそうで、そのつもりでロータス・トレヴァーン公にも許可を取ったそうですよ。彼らもまたカメロンさまを殺されたことでイシュトヴァーンをにくんでいますから、今回の先立ちにはうってつけだと思われたのでしょう」

「そうなのか。では、ブランもクリスタルへゆくのだな」

「そうなるでしょう。ドライドン騎士団の方々はたいへんはやりたっていらっしゃるようです。主たるカメロンさまを殺されたというので、どうしても仇をとりたいと、みな、刃を研ぎ澄ましていらっしゃるようすです」

　ふっと口をとざして、ヨナは目を閉じた。

（イシュトヴァーン……君はどれだけ人々の血にまみれていくのだろう……どれだけた

くさんの人のうらみをかっていくのだろう)

(君といっしょにいたヴァラキアの丘の上を忘れたわけじゃない……けど、君が心配だ、イシュトヴァーン。君が一歩進めば進むごとに、その下に血だまりが広がっていくような気がして)

(ユラニアの血の婚礼……モンゴール制圧……ナリスさまの拉致……そしてこんどはカメロンさまの殺害)

(君の手はどこまで血に染まっていくのだろう……君の背中に取りつく人々の怨嗟《えんさ》はどこまで大きくなるのだろう……ゴーラ王になったという君、王になった君が、次々と血に染まっていくさまを、僕はただ見ていることしかできない……)

「ヨナ?」

「すみません。少し、考えておりました」

答えて目を開けたときには、ヨナはもういつものやせた、いくぶん老けた印象を与える学求的な顔つきに戻っていた。

「イシュトヴァーンがなんのためにクリスタルに居座っているのか。……リンダ陛下と婚姻を取りつけるつもりといってもそれどころではないでしょうし、この機をもってかつてのモンゴールのようにパロを征服するつもりならパロにはいっさい抵抗のしようもなかったはずです。なのにイシュトヴァーンはひとりクリスタル・パレスに閉じこもったまま、軍を呼び込むこともしていないとか。最大の味方であったであろうカメロン将軍を殺してしまったことにせよ、私には、イシュトヴァーンがいったいどうしてそんなことをしたのか、わけがわからないのです」

「奴は、殺人者だ。それだけのことだ」そっけなくスカールは言った。

「これまで、奴の手にかかってきたもののことを考えてみるがいい。ユラニアのオル・カン前大公とルーエラ妃、エイミアとルビニア姉妹、クムのタリオ前大公、息子のタルーとタル・サン、モンゴールのアムネリス大公、ナリス。どれも奴が直接手を下したのではないにせよ、結局のところは奴が殺したのと同じことだ。女子供やかよわい病人でも容赦なく手にかける、それが奴だ。リンダ女王とても意に添わぬようであれば、易々と手にかけるかもしれんぞ。あいつはそういう奴だ」

「ええっ」

「もしもの話だ。しかし、そういった男と、リンダ女王が同じ場所にいるということは考えておくべきだ。奴は自分の野望のためならなんでもやる。それこそ女王を玉座の上で犯してわがものにするなどということもな」

　ヨナは黙ってしまった。スカールは苦々しげにひげを噛みながら、クリスタルで自分を待っているはずのリー・ファの仇に思いを馳せるように、中空に目を投げているのだった。

4

ヴァラキア会議が終わって、ほとんどの国の船は港をあとにした。レンティアをはじめとして、トラキア自治領、イフリキアなどはすでに姿を消して、自国にかえっている。それでもまだヴァラキアに滞在している二隻の船があった。ライゴールの竜神丸と、アグラーヤの御座船サリア号である。

夜になって、酒場や女衒《ぜげん》宿のある通りはまだまだにぎわっていたが、この二隻の停泊しているあたりはあまり人通りもない。ときおり、たいまつをかかげた巡邏隊が行き来するばかりで、空には静かな月《イリス》がしんと、それぞれの豪壮な影をうかびあがらせていた。

ふと、ちゃぷ、という音がした。

小さなかんてらをさげた小舟が、ちゃぷ、ちゃぷ、と音を立てながら竜神丸にこぎ寄せていく。小舟がひたりと脇にそうと、待ちかねたように、上から縄ばしごが落ちてきた。小舟から立ちあがった人影は、人目を忍ぶように、月明かりをたよりにするすると縄ばしごをあがっていく。

「お待ち申しあげておりました。ボルゴ・ヴァレン王」

頭巾をかぶった船員が、低く言って頭を下げた。

「あいさつはいい。……主人は？」

「こちらへ」

短く言って歩きだす。たたまれた帆が夜風にはたはたと鳴っている。密やかに歩む二人の影は長く伸び、広い甲板に黒い筋を引いた。

等間隔に明かりのともされた通路を通り過ぎ、船尾近くの一室へと導かれる。扉をあけると、船の中とは思えぬほど豪奢なかざりつけの部屋の中に、ライゴールの議長、アンダヌスがひとり杯をかたむけていたのである。

「ボルゴ王。……」

「いい、いい。そのままでいてくれ」

立ちあがって礼をしようとするのを、手を上げて制止する。控えていた小姓が椅子を引く手間すらかけず、ボルゴ・ヴァレンは自分で椅子を引いて座り、ためていた息を大きく吐き出した。

「イシュトヴァーンがトーラスを攻めている、という情報が入っている」

吐き出すように彼は言った。アンダヌスはまばたきもせず平然としていた。同じような情報は、彼の耳にもすでに入っているのだろう。

「いつ、パロを出たのかはわからんが、いつのまにやら奴はイシュタールへ戻っていたようだ。多数の軍隊を率いて、ドリアン王子をゴーラ王として押し立てたモンゴール反乱軍を攻めつぶそうと、大変な勢いのようだ」

「このことは、ドライドン騎士団には？」

あふれるような贅肉《ぜいにく》に埋もれた口から、かすれた声が漏れてくる。

「まだだ。ドライドン騎士団は、イシュトヴァーンへの復讐心をかって先遣隊になっているようなものだ。それを、クリスタルからイシュトヴァーンが消えたとあってはやる気がそがれてしまう。カメロンの敵討ちをすることが、今いちばんの彼らの望みなのだからな」

「復讐にはやる眼には、周囲の状況もうつらんとみえる」

アンダヌスは杯を置き、突き出た腹の上で両手を組んだ。

「ゴーラ王の座をモンゴールの紐付きのやからに簒奪《さんだつ》されかねぬと聞いて、イシュトヴァーンが黙っているとも思えんが。戦況は、どうなってきておりますかな」

「細かいことまではわからんが、あのイシュトヴァーンに全力で攻められて、持ちこたえられるほどの勢力をモンゴールの残党が持っているとは思えん。いくらも持たずに全滅だろうさ。トーラスからはすでに大半の住民が逃げ出したという話だ」

アンダヌスは吐息とも、嘲笑ともつかぬ短い息を吐いて小姓を呼びよせた。遅ればせながらボルゴ・ヴァレンの前に杯を置かせ、酒をそそがせる。ボルゴ・ヴァレンは、いささかいらいらとしたように膝に手を置いて身を揺らしていた。

「それで、陛下はまだクリスタルへ派兵されるおつもりなのかな。イシュトヴァーンが不在となると、名分のひとつは失われることになり申すが」

「当たり前だ。いまになってやめられるか」

そそがれた酒をにらんで、ボルゴ・ヴァレンはアンダヌスにするどい目を向けた。

「そのことを話し合いに、今夜はここへ来たのではなかったか。会議の席で、かねての約束にもかかわらず反対に回ったことの申し開きも、まだ聞かせてもらってはおらんぞ。ライゴールは永世中立、などということを、今さら言い立てるつもりではあるまいな」

「とんでもない。むしろ、陛下のクリスタル行きには、よけいに大きく気をそそられておりますよ。例のもの、そこに、お持ちかな」

ボルゴ・ヴァレンは一瞬ひるんだように見えた。そしてふところに手を入れると、手のひらほどの錦の袋を取りだした。中身を開けると、ランプに照らされたほの暗い船室に、鮮やかな赤や青の光点がきらきらと飛びちった。

それは指ほどの長さの、透明な水晶かなにかと思われる管だった。両端は丸くなっており、銀色の線が複雑な構造をなして巻きついている。

中にはなにも発光するようなものなど入っていないにもかかわらず、その中には、ひっきりなしにきらきらと輝きながら回り続ける赤や青の光の線、ときどき走る稲妻のような光線、じわりとまたたくすみれ色の光芒などが休む暇なく回りつづけ、それを一個の光り輝く生き物のように見せているのだった。

「おお」

卓上に転がったそれを眺めながら、アンダヌスは低く言った。

「何度見ても奇妙な品だ。持ってきた使者の男はどうしている」

「ドライドン騎士団の中で何食わぬ顔をして動いている」

苦虫をかみつぶしたような顔でボルゴ・ヴァレンは答えた。

「ファビアン、とか言ったか。仲間うちでも新来者ということでまだ警戒されてはいるようだが、騎士団のひとりとしてクリスタル遠征の準備に余念がないように見える。自分の身柄についてはほとんど心配してはおらんようだ。海王——海賊どもの頭領は、よほど強力にわれわれの動きを封じ得ると見たようだ」

レントの海に点在する島々に根を張った海賊や独立商人が、勢力を大きくして勝手に爵位を名乗りだしているのを、沿海州ではまとめて海王と呼んで区別している。これまではさして沿海州の政治に口を出してくることもなかった海王たちだが、ファビアンと名乗ったあの先日の男は、ボルゴ・ヴァレンとアンダヌスの相談の場に気配もなく現れるとともに、この小さな、しかし奇妙にも美しい品物と海王たちからの伝言をおいていったのだった。

伝言には、こうあった。――この品物をアグラーヤの王、ボルゴ・ヴァレン陛下に託す。この品の秘密を解きたくば、どうぞわれわれとの連絡をきらさぬように。この品は中原最大の秘密の一端に触れるものなり。われらの至誠のしるしとしてこれをうけとり、しかしてお待ちあれ。いずれまた、よきときに連絡することであろう。

「中原最大の秘密。たしかにそうあった」

ボルゴ・ヴァレンは、考えこむように手の中へそれを持ち上げてゆすった。

「最大の秘密。――そう言われて一番にあがるのは、まず、パロの古代機械であろうが……」

「まあ、さようですな。――海賊どもが、どこか、異国で見つけた珍奇な飾り物というだけの可能性もなきにしもあらずだが」

「しかし、これは普通の品ではない。そう思うだろう、アンダヌス、貴殿も」

アンダヌスは細い眼をいっそう細めてなにも言わなかった。しかし視線は、机の上のその奇妙な細工物から離れない。それは無言の肯定を表していた。

もしこの席に、ヤヌスの塔の地下に入り、古代機械を目にしたことがあるもの、スカールやリンダ、ヨナなどがいれば、あっと声をもらしてあとずさったに違いあるまい。

この小さな、指の長さほどの水晶管は、まちがいなくあのパロの地下の古代機械、ひとときも休まず青い光や赤い光が行き交い、白い光がまたたき、まるでそのものが一個の生き物のように息づいているあの古代機械と、まちがいなく同じ特徴を備えていたのである。

「きゃつらが何を求めてこんなものを送りつけてきたのか、それが問題なのだが」

「送る相手にわざわざ陛下を選んだわけも。パロの古代機械に手をのばそうとするこの機会を見据えて送りつけてきたというのなら、さらにまた――」

「考えられるところであれば沿海州同盟への加入か。奴らが勝手に名乗っている爵位や王位を認可し、一勢力として認めるということ」

「しかしそれは、沿海州全体の釣り合いにも響きかねませんな。たとえアグラーヤの後押しがあろうと、レンティア、トラキアが賛成するとは思えんし、海の民もみずからの領域を侵す可能性が出てくる勢力を歓迎はすまい。今でさえ半放置されることで存在を許されているのだから、沿海州に加盟することはかえってきゃつらにとっては不自由をかこつこともありうる」

「まさか、貴殿がそそのかしているのではあるまいな、アンダヌス」

「とんでもない」

アンダヌスはたるんだまぶたをあげて苦笑した。

「なんで、この私が海賊の集まりごときのために動きますものか」

「わからんぞ、貴殿は会議でも立場をひるがえしたことだしな」

苛々とボルゴ・ヴァレンは言って、指先でこつこつと卓を叩いた。

「いったいなぜ土壇場で反対の立場をとった。象牙細工の専売の譲渡はそれほどうまみがなかったか」

「いや、いや」

アンダヌスはゆっくりと頭を振った。

「お話は十分魅力的でしたとも。ただ、会議自身の流れというものもございましてな。あのままライゴールが賛成に回っても、いずれにせよ会議の帰趨《きすう》は反対へと流れていたでございましょう。ライゴールばかりが賛成に回って、なにかたくらむところがあるのかと他国に痛くもない腹を探られたくもない」

「どうだかな。貴殿がアルミナに話をさせることを推薦しなければ、話は別な方向へ転がっていったかもしれぬのだぞ」

「陛下が娘御の狂気のことを言い立てられるのであれば、それを示すのもまた方法のひとつと思ったまで。娘御がどのような話をなされるかは私の考えの埒外《らちがい》でございますよ」

「どうだかな」

ボルゴ・ヴァレンは手をのばし、卓上の奇妙な品物を手の上に載せて包み込むようにした。品物が発する青や赤の光線が、ボルゴ・ヴァレンの顔に当たって奇妙な縞模様になった。

「とにかく、この妙な品と海王どものことはしばし内密に。これがなんなのか、奴らがどこまで知っていて何を求めているのか、知るまでは手がうてん。アンダヌス、会議での離反の件は忘れんぞ。この品の話が漏れたとすれば、貴殿からだということは少なくとも憶えておいてもらおう。これが持ち込まれたときも、いっしょにいたのは貴殿なのだからな。独自に海王どもと接触しようなどとはせぬことだ。この品を託されたのは私なのだからな」

「心得ておりますよ」

　アンダヌスは細い眼を鈍く光らせてさあらぬていで答えた。

「さ、それでは、ご融資の話をいたしましょう。傭兵の雇用と、その維持のために十万ランご所望でしたな。そのほかには？　これは会議での賛成反対とはかかわりのない、商売の話でよろしゅうございますな。アグラーヤとライゴールの間で内密の賃借関係ができますこと、まことに光栄に存じますぞ」

　ボルゴ・ヴァレンは、フンと鼻を鳴らしただけで酒をぐっと飲み干した。

　その時、今まで息を殺して窓の下の船腹に貼りついていた人影が、するするとさがって音もなく海に沈んだ。

　ほとんど波も立てずに、暗い海を沈んだまま泳いでいく、あっという間に岸に着き、岸壁に飛びあがった。濡れた髪をしぼり、あとにしてきた船の巨大な影をみやって、ふっと皮肉な冷笑を浮かべる。月が照らしだした中高な鼻を持つ横顔は、先ほどまでうわさされていた、あのドライドン騎士団の新加入者、ファビアンのものであった。


「あの男をパロへ連れていくんですか？」

だん、と机を叩いて、ミアルディが問い詰めた。

ドライドン騎士団の詰め所に使われている〈青い鯨亭〉では、三日後に迫った出発のために大勢の騎士が出入りしていた。その中でもミアルディの大声はよく響きわたり、数人が何事かと部屋をのぞき込んだ。

　机にはアストルフォが座り、青ざめた老いた表情を硬くさせて手を握り合わせていた。団長たるカメロンなきあと、順番からいえば指揮官は副団長たるブランだったが、ブランは長いあいだ騎士団を離れていたために前後の事情がわからない。そのため、パロへの遠征をするものを選ぶ役割は、カメロンの近くにいた者のなかでもっとも年長のアストルフォにゆだねられていたのだが、その中に、ファビアンの名前があったことを知って、詰問に来たのがミアルディだった。

「あいつなんざ、途中で無理やり加入してきた奴じゃないですか。カメロン団長と面識があったわけでもない。それを、カメロン団長の弔い合戦でもあるこの遠征に連れていくなんて、無駄じゃないですか」

「加入時期がいつであろうと、いまは彼はドライドン騎士団の成員だ」

しわがれた声でアストルフォは言った。

「パロへの遠征団に加わる資格はある。わしは私心なく人員を選んだつもりだ。おまえに文句をつけられる筋合いはないぞ、ミアルディ」

「置いて行かれる奴らのことも考えてやってくださいって言ってるんです。選別から漏れて、悔しがってる奴らがたくさんいます。奴らが駄目で、なんであのよそ者ならいいんです」

本当なら、全員がおやじさんの仇を討ちたがっているのに、ということばをミアルディは喉の奥に飲みこんだ。

今回の遠征は、船でアルゴ河をさかのぼり、アルゴス、カウロスを通りぬけて、ダル湖で船をおりてそこから陸路カラヴィア公爵領にはいり、そこから北上してクリスタルを目指すという道なので、途中にゴーラの盟邦であるカウロスを通りぬける以上、あまり大勢の軍勢は仕立てられない。せいぜい船一隻に乗るのが定員といった事情があって、ドライドン騎士団の中でも選抜が行われたのだが、その過程で涙をのんだもの、くやしさにこぶしを大地に打ちつけたものは数知れない。今回の遠征はみながカメロンの仇討ちに心を一つにしているような状態の中で、確かにファビアンの存在は異質であるといえた。

「いかにいわれても、もう決めたことだ、ミアルディ。もう名簿を動かすことはできん。おまえも早く準備にかかることだ。もう日はないぞ」

そういうと、アストルフォはそそくさと立ちあがり、何事か小姓を呼びながら部屋の外へ出ていってしまった。ミアルディは追いすがろうとしたが、途中でとりやめ、歯を食いしばってこぶしを机に叩きつけた。

「ミアルディ？　どうかしたのか」

「ブラン副団長」

声を聞きつけて入ってきたのは、疲れた顔をしたブランだった。

「それは……選抜の人員にちと不満がありまして……本来なら落とされるべき人間が選抜に入っているというか……」

「いろいろ思うこともあるだろうが、とりあえずはアストルフォに従っておいてくれ。あの男も疲れているんだ。俺がいろんなことを押しつけてしまったおかげでな」

「押しつけているなんて、そんな」

「いや、押しつけているよ。本来なら俺が真っ先に先頭に立って、進めなきゃいけない作戦なのにな」

ブランは吐息をついて顎をなでた。騎士団に復帰してからひげも剃り、髪もきちんと整えていたが、その姿にもどこか荒れた雰囲気が今も残っていた。

(もし俺が早くスーティを連れてゴーラに戻っていれば……)

自分がそばにいれば、カメロンは死ななかったのではないか。そう考える気持ちを、ブランは消すことができなかった。ヤガに潜入していたのはカメロン自身の指令だったとは言え、長く離れていたあいだに起こったカメロンの死という衝撃を、ブランはまだ受け止めかねていた。

(結局、間に合わなかった……)

ブランにとって受けた命令とは、あくまでイシュトヴァーンの子をカメロンのもとに連れ帰ることで、けっしてゴーラの、イシュトヴァーンのもとに連れ帰ることではない。その二つは同じではない。ブランの忠誠はあくまでカメロンの上にあり、イシュトヴァーンにではなかったからである。

フロリーとスーティがヴァラキアの下町で暮らし始めていることも、またそこにイシュトヴァーンの実子であるドリアン王子が加わっていることもスカールから聞いて知ってはいたが、なにも感じなかった。遅すぎた、という念が、ただ濃くなっただけである。

自分は任務に失敗した。失敗して、その間におやじさんを死なせてしまった。その思いはブランをひどく老け込ませ、五つも六つも年を取ったように見せていた。日々の思いから逃げるように騎士団の仕事に没頭していたが、カメロンへの自責の念は、胸に刺さったとげのようにブランの心中に消えずに残っていた。

「とにかく、アストルフォをあんまり責め立ててやるな。あの男だっておやじさんのなきがらを守ってパロからヴァラキアまで、気の休まるときもなかったんだろう。それとも、そのおまえが気に入らない男というのは、よっぽどあたりの悪い奴なのか」

「気に入る、いらないで言っているのではありません」

むっとしたようにミアルディは唇をとがらせた。

「カメロン団長のお眼鏡にかなった奴でない者を、人員に入れたくないだけです。俺たちはみんな、カメロン団長に剣を捧げた仲間だ。だがあいつはそうじゃない。カメロン団長の認めた人間じゃない奴が、騎士団にいるなんて間違ってる」

「それはそうだが……」

息を荒らげているミアルディにしばらく向かい合っていたが、らちがあかない。ブランは吐息をついて、「わかった」と口にした。

「とにかく俺が、そのファビアンという奴と話してみよう。アストルフォ殿が加入を後押しされたと聞いているが、それが本当なら、それほど怪しいやつとも思えないがな」

「怪しい、怪しくない以前ですよ。とにかく、うさんくさいんです。会えばわかります」

そう捨てぜりふを吐いて、ミアルディは足音荒く部屋を出ていった。ブランは顎をさすりながら部屋から首を出して、通りかかった従士を呼び止め、ファビアンを探して連れてくるように言いつけた。

半ザンほどたって、やってきたファビアンを見たブランの印象は、（なるほど、これは確かに……）うさんくさい、というものだった。

別に笑ってはいないのだろうが、厚めの唇の端が少し上がり気味なせいもあってなにかいつでもにやにやしているような印象を与える。金髪は短くきっちりととのえられ、緑のびろうどと赤の絹を交互にはいだ胴着は上質のものだ。青色の眼は長いまつげのかげに用心深げに伏せられており、中高の鼻は少しうつむきかげんな顔によく目立っている。ヴァラキア人の浅黒い肌ではなく、どこか北方の血を思わせる蒼白い肌だ。かすかにそばかすが散っているのが目についた。背は高く、体格は横幅はブランの方が広かったが、それほど細いというわけでもない。ただいかにもすばしこそうで、いざとなればきわめてすばやく動けるのだろうという雰囲気があった。緑色の足通しに赤く染めた革靴をはき、腰に飾りのついた剣を下げている。全体的には若い洒落者の印象があったが、それだけがブランの気になったことではなかった。

こいつはなにも大切に思っていない、というのが、ブランのまず感じたことだった。

上質なものを身につけ、ドライドン騎士団員らしくすましているが、その底では騎士団員が共有しているカメロンへの敬意も、騎士団の誓いへの敬意も、なにも気にしていない。その意味では、ミアルディの言うことは正しかった。こいつは、おやじさんへの敬意と忠誠という、ドライドン騎士団が共有しているものを放棄している。

「お呼びだと伺いまして」

とファビアンは言った。少し高い、甘い声で、緊張している響きもなかった。彼は気楽そうに手を組んでブランの前に立ち、声をかけられるのを待っていた。ブランは咳払いした。なんとなく、腹の底からむずむずしたものが沸き起こってくる。

「今回のクリスタル遠征に加わるそうだな」

「はい」

すましてファビアンは答えた。

「若輩者ですが、数に加えていただいて光栄に存じます。落ち度のないよう、務めるつもりでおります」

「おまえを騎士団に入れたのはアストルフォ殿の推挙があってのことだそうだな。なぜ、ドライドン騎士団に入った。ここは個人の、カメロン卿の所有する騎士団だ。騎士として出世を望むなら、ヴァラキア大公騎士団か、そのほか諸侯の抱える騎士団に入ったほうがよかったものを」

「最高の騎士団に入りたいと思ったのです」

なめらかにファビアンは答えた。

「ヴァラキアきっての英雄であられるカメロン卿が手ずから作り上げられた騎士団。その構成員はカメロン卿とともに船に乗り組んで冒険を繰り広げた豪傑たちばかりだと聞いていています。僕はカメロン卿とお会いしたことはありませんが、その名声についてはかねがねお聞きしていました。騎士として身を立てるにあたって、立身よりも名誉を、僕は取りたいと思ったのです」

「ドライドン騎士団はカメロン卿あってこその騎士団だ。カメロン卿が亡くなられてのちは存続するかどうかもわからんぞ」

「でも、クリスタルへ遠征しますよね。敵討ちに」

ファビアンは笑った。その笑みは、普通なら「人なつこい」と表現するような笑みだったが、ブランは頭の奥で、警報が鳴るのを感じた。――こいつ、面白がっていやがる。

「剣を捧げた英雄の仇討ちなんて、まるで吟遊詩人の語る歌のようじゃありませんか。くだらない立身出世よりも、そういうすばらしい献身にこそ僕は価値が見いだされるべきだと思うんです」

「献身、か」

自分の声が尖るのをブランは感じた。

「俺たちのおやじさんへの思いを、そんな言葉でおまえは片づけるのか」

「ああ、失礼なことを申しあげたんならお許しください」

　わずかに取り乱したようすを見せたが、それも、なんとなく演技じみてブランの目には映った。

「カメロン卿への忠誠、いえ、これもまた、そんな言葉では片づけられないほどに、皆さんは大きな思いを抱いておられるのでしょうね。僕はせめてその一端に加えていただきたいだけなんです。カメロン卿は、僕にとってあこがれの英雄でした。その栄光の端に、僕も加わりたい。偉大なひとの追悼に、微力ながら僕も力を加えたい、そしてその仲間に加わりたい、そう思っているんです」

　切々と訴えているように聞こえたが、どうかな、とブランは胸の奥で考えていた。こいつはなにも信じちゃいない。なにも大事だと思っちゃいない。ただなにも考えていないわけではない。こいつはなにか目的があって、ドライドン騎士団にもぐり込んできたのだ。

　クリスタルへ行くのも、おそらくその目的あってのことだ。カメロンのことなど口実にすぎない。こいつはおやじさんへの俺たちの気持ちを、利用しようとしているのだ。

　腹の底からかっと熱いものが渦巻き、ふと鎮まった。ブランは首を曲げて、ファビアンの明るい青い目を真正面から見つめた。ファビアンはまともに見返してきた。その目はいかにも罪がなさそうで、澄んでいて、なんの曇りもなかった。だがブランはそのさらに奥に、なにもかもをくだらないと思っているもののもつ投げやりな色を見たと思った。

「わかった。もういい」

ブランは言った。

「呼び立てて悪かったな。おまえがカメロン卿に剣を捧げた人間じゃないからと、今回の遠征に加わることに疑念を申し立てるものがいたんでな。だが、まあいい。部隊の編成はアストルフォ殿におまかせしてある。アストルフォ殿がそれでいいというならそうなんだろう。俺が口を出すことじゃない。ぬかりなく準備して、務めを果たすんだな。そしたらおやじさんもドライドンの神殿からおまえの働きを見てくれるかもしれん」

「だと、いいんですが」

ファビアンはにこにこと笑った。毒のなさそうな顔をするやつだ、とブランは思い、そう感じるからこそだ、と腹の底にぐっと力を入れた。

「じゃ、失礼します。準備しなけりゃいけないことが、まだあるんで」

ブランは無言で行っていい、という手つきをした。ファビアンは胸に手を当てて礼をして出ていった。扉が閉まったあとも、唇をかみながらブランは考えていた。

——あの男、目を離すわけにはいかんな。

第四話　なきひとへの哀歌

1

イシュトヴァーンのトーラス攻めの情報はつぎつぎと中原の国々にも伝わっていった。もっとも影響を受けるクムはユールやクロニア、カムイラルなどに展開する国境防衛軍の数を増やし、勢いをかったイシュトヴァーンが国内に侵入してこないよう策をたてた。パロはクリスタルの惨状では何をするどころではなかったが、カラヴィア公国領から北上したカラヴィア騎士団が定期的にクリスタルの巡回をし、再びイシュトヴァーンの侵入を受けないように態勢を整えた。草原のカウロスはモンゴールとの友好上どうなるかとみられたが、ゴーラ王イシュトヴァーンの暴挙に対して遺憾の意を表明したきりそれ以上の動きは見せなかった。またアルゴスは沈黙を守り、唯一パロが陥っている竜の災いについて憂慮の意をあらわしたが、それ以外の動きは見せなかった。

沿海州の国々はどれも遠い国のこととてこの点では動きを見せなかった。ただアグラーヤがクリスタルへの出兵の準備を続けていたのみである。アグラーヤはクリスタルが陥った災いといまだ行方の知れない女王リンダの件についてイシュトヴァーンを非難し、クリスタル保護のためにアルゴ河をさかのぼってダル湖からパロ領に入る軍を組織して出陣させようとするところだった。

そして各国の眼は北の大国ケイロニアにそそがれた。ケイロニアは正式にパロの後盾としてたつとの宣言をし、クリスタルに軍も派遣していたあいだがらとして、この竜のわざわいにもなんらかの手を打つものと考えられていたからである。そして同時に、中原の平和の護持者を自認する大国として、イシュトヴァーンの暴挙がどのようにとらえられるか、国々は重大な関心をもって見つめ続けていたのであった。

サイロンの傷はいまだふかい。市内を荒れ狂った黒死病は、年老いたものや幼いものをはじめ、若く元気な市民をもおおぜい死の国に連れ去っていった。一時は人通りも絶え、無人の都とさえ思われたサイロンだったが、いま、疫病の終結と豹頭王グイン、そして新帝たる女帝オクタヴィアのもとで、しだいに復興のきざしを見せはじめている。ケイロン古城で発見された白金の鉱脈が採掘され、からになったケイロニアの国庫に大切な金をどんどんと運び込み始めていた。閉じられていたサイロンの門は開かれ、とめられていた通商や旅行者のゆききが可能になった。閉じられていた店も開き、まだ少なくはあるが商品を表に並べるものもしだいに増えて、サイロンはようやく、往事のにぎわいを少しずつ取りもどしているかに見えた。

風が丘のふところに抱かれた黒曜宮では、その日も女帝オクタヴィアの前で、御前会議が行われていた。宰相のランゴバルド侯ハゾスに、十二選帝侯のうちサイロン復興の責任者に任ぜられたアトキア侯マローンが顔をそろえている。年番で都に出仕しているはずのツルミット侯、ラサール侯の姿はない。

ほかにもダナエ侯がいるはずだが、さきのケイロニア会議の席で毒殺されて以来、その代理人となるケルート伯爵がシルヴィア王妃とダナエ侯の密通を言い立て、その落とし胤の存在を主張したために問題が大きくなった。グイン王そのひとが身代わりをつかってオクタヴィア帝の即位式を欠席し、直接ベルデランドへ向かって子の生存を確保したおかげで事態はおさまったが、ケルート伯は事件の衝撃から痴呆のようになり、いまだに回復を見せていない。いったい何者がケルート伯をけしかけ、ダナエ領と帝室との間に、正確にはグイン王と十二選帝侯との間にひびをいれようとしたものか、いまだ正確なところは判明していない。ロンザニアの黒鉄値上げ問題も含め、新女帝の時代に入ったケイロニアにおける内患がこれであったが――。

そのグイン王は、オクタヴィア女帝の右の王座に座している。神話的な豹頭を高く上げ、紫のマントを大きなルビーの入った留め金で止めて、黒い胴着に金糸の入った足通しをはいた姿は一目見るだけで他人に安心感を与え、この人がいれば大丈夫とおもわせる大人《たいじん》のおもむきである。豹の額にそれ用に調整された略王冠をつけ、堂々と胸をそらしたその姿は、天上から舞い降りた月《イリス》さながらのオクタヴィア帝の姿ともあいまって、いつもながら伝説の中からあらわれたようでさえあった。

　席には宮内庁長官のリンド伯爵、近衛長官の若いポーラン、大蔵長官のナルド伯爵が顔をそろえる。さらに国王騎士団団長のトール、金犬騎士団団長のゼノンが控え、王直属の特殊部隊である〈竜の歯部隊〉隊長のガウスもひっそりと着席している。

「するとイシュトヴァーンは、完全にトーラスを制圧したということだな」

　落ちついた声でグインが言葉を発した。末席に控えていた伝令兵が身をかがめて、

「はっ。トーラスは火を放たれて大部分が焼け落ち、住民のほとんどはトーラスを捨てて落ち延びるか火の中でイシュトヴァーンの兵の手にかかったと思われます」

「反乱軍方はイシュトヴァーンの息子を誘拐して盾に取っているのではなかったか」

「そのはずですが、トーラスから帰還するゴーラ軍の中にそれらしい姿はなかったということです。いかにイシュトヴァーン王が血に飢えていても、みずから実の息子を手にかけることまではあるまいと思われますが……」

　グインは目を伏せて沈痛に頭を振った。

「反乱軍はイシュトヴァーンのゴーラ王即位を拒否するために息子のドリアン王子をゴーラ王に推した。みずからの王座をおびやかされたととらえたイシュトヴァーンは憤怒

したことだろうな。いかにイシュトヴァーンでも子供は殺すまいとは俺も信じたいところだが、みずからの地位を揺るがされたと感じた彼がどう出るかまでは俺も想像がつかん」

「ただ、これは未確認の情報でございますが――」

「なんだ」

「実は本物のドリアン王子は何者かの手によって連れ出されており、反乱軍が盾にとっていたのは身代わりだといううわさもあるようです。反乱軍が一時、各所に人を出していたのは身代わりだといううわさもあるようです。反乱軍が一時、各所に人を出して二歳ほどの幼児の姿を尋ね回っていたことは確かなようで、本物のドリアン王子を見失った反乱軍が、同じくらいの歳の子供を近在の村かどこかから見つけてきて、身代わりに立てたということも考えられることではあります」

「なんと」

　ハゾスがひっそりと言った。

「反乱軍も一枚岩ではなかったということか、それとも内通者が入り込んでいたか……」

「その場合、イシュトヴァーンは子供を見分けただろうかな」

　グインが言う。

「さあ……。もともとイシュトヴァーン王は自分の息子に関心がなく、ほとんど顔も見たことがないという話でしたので。養育も宰相のカメロン卿にまかせきりで、そのカメロン卿を自分が手にかけたあとは王宮にひきとっていたようですが、特に目をかけていたといううわさは聞きません」

「幼い子供が大人の政治の駒になるなんて、おそろしいことだわ」

いくぶん色をうしなった唇でオクタヴィアが呟いた。彼女はもともと、トーラスが焼き討ちに遭ったと聞いたときから顔色を失っていたのである。トーラスは彼女にとっては故郷にも近い場所であり、実の親同様になつかしい〈煙とパイプ亭〉の老夫婦とその息子夫婦がいるはずの場所であった。そこで彼女は娘のマリニアを産み、生まれて初めて女性としての日々を送ったのである。焼かれたと聞いて平静な気分でいられるわけはなかった。

「まさか、イシュトヴァーン王が子供を手にかけるとは思いたくないけれど――」

「俺も、そこまで彼がすさんでいるとは思いたくはない」

重々しくグインは言った。

「とにかく、トーラスから引き上げてくるゴーラ軍の中には、それらしい子供はいないということで納得しておくしかないな。本物のドリアン王子が連れ出されているとすれば、またどこかで、名乗りを上げて旗揚げする連中がいるかもしれんが」

「私はそのようなこと、考えるだけでもイヤだわ」

オクタヴィアが眉をひそめたのは、この頃ますます愛らしくなってきている一人娘のマリニアのことが頭にあったからだろう。

「すべての子供は安全な場所で、保護されて元気に幸せに暮らすべきだと私は思います。それがケイロニアの子供たちでも、ほかの国の子供たちでも同じこと。本人には罪もないのに、大人の思惑に振りまわされてあちこち連れ回されるなんて、考えるだけでもたまらないわ」

「国の母としての陛下として、すばらしいお考えだと思います」

頬を上気させて言ったのは、アトキア侯マローンであった。

「サイロンの子供たちはみな、立派な父上と母上を持つことができてしあわせです。養護院の子供たちはみな、オクタヴィア陛下とグイン陛下を父母としてあがめて毎日を送っています。黒死病で両親を亡くした子も、みな寒くもなく、空腹になることもなく日々を過ごせております」

「うむ、それも、お前の手腕のおかげだな、マローン。有難く思っているぞ」

「私の手腕など、そんな。このケイロニアで父母を亡くした子はすべて国王の養子となるという命令を下されたのは陛下です。子供らはそのおかげで、きびしい外の風から守られて安全に日々を暮らしているのです」

「なに、あの命令は、俺のつごうもあったことだ。子供はみな安全な場所で元気に暮らしているべきだと俺も思う。そのことを考えても、ゴーラ軍がトーラスを制圧したのは実に遺憾なことだ」

　オクタヴィアはじっと唇をかんで考えに沈んでいる。

「ゴーラ軍はトーラス討伐後、まっすぐイシュタールへむかっております。イシュトヴァーン王も、あまりにも長いあいだ自分が都を空けすぎたことに気づいたのかもしれません。今のところ、パロへもどるつもりはないようです。イシュタールへ帰還してのちはどうするのかわかりませんが」

「クムはユール、カムイラル、クロニア、タリサ、タルガスの国境警備隊を増強し、勢いに乗ったゴーラ軍が国内に侵入してくるのにそなえる態勢です。今のところゴーラがクム征服に向かう動きは見えませんが、これまでのイシュトヴァーン王の動きからして、ないとはいえないでしょう」

「まあ、いかにイシュトヴァーンが無謀だといっても、クムもろともこのケイロニアまで落とそうとする気は起こすまいさ。いかに黒死病で内情が弱っているとはいえ、ケイロニアには十二神将騎士団が健在だ」

「そのとおりであります」

　ゼノンが青い瞳をきらめかせて答えた。

「騎士の中にも被害者はでましたが、だからといってわがケイロニア国軍は一歩も揺るぐものではありません。グイン陛下がおられるかぎり、ケイロニアに万が一つも負けということはございません！」

青い瞳をいちずにきらめかせてグインを見るようすにはきわめて純なものがあり、その場にいた全員が微笑みをさそわれた。ゼノンの隣に控えるトールは、今にもにやにや笑い出しそうなようすでゼノンの背中を一発叩きたそうでいる。

「しかし、だからといってなにもせぬわけにはいきますまい」

笑いを消して、ハゾスがきっぱりとした口調で言った。

「念のため、ランゴバルド騎士団とサルデス騎士団に、自由国境との境を固めさせる命令を出しておきたいと思います。あくまで念のためですが、かのイシュトヴァーン王ですから、どのような意表を突いた真似に出てくるかしれません。とりあえずの対応は取っておいたほうがよいかと」

「まかせる。いつもすまんな、ハゾス」

「いえいえ。オクタヴィア陛下もお許し願えますか？　ランゴバルド騎士団は私の裁量で動かせますが、サルデス騎士団となると陛下のご命令が必要になるかと」

「ええ、わかりました。たのみます、ハゾス」

「それでは、このことについてはのちほどまたサルデス侯がわと折衝するといたしまして。……少々、またいやな話をせねばなりませんが」

眉宇をくもらせて、ハゾスはグインを仰ぎみた。

「ワルスタット侯ディモス、の件でございますが」

「ああ」

グインはうなずくと、そばに控えていた小姓に目くばせをした。承って小姓は引き下がっていき、すぐに、すらりと長身の金髪の美少年を伴って戻ってきた。アンテーヌ侯の子息アウルス・アランである。アランは皇帝と王にそれぞれ丁寧に礼をとると、席についている者のいない選帝侯の席に腰をおろした。

「アラン。ディモスの部下と名乗るものが、アンテーヌへ来て申し入れた話というのを、この場でもう一度聞かせてくれるか」

アランはうなずき、話しはじめた。ある嵐の夜、ラカントと名乗る男が豪雨をついて訪ねてきたこと。その男が持ち出した、ワルスタット侯ディモスを皇帝の座につけんとする密約の書状（この話を聞かされていなかったグインとハゾス以外の列席者はざわざわっと波だった）。いったん受けるそぶりを見せて男を引き留めておき、その間に姉アクテを救うよう自分を走らせた父アウルス・フェロンの采配。

「……そして僕は自分の騎士団の中から最良の騎士たちを抜擢してワルスタット城に向かい、幽閉されていた姉上とパロの女騎士伯リギア殿、そしてパロ王位継承権者アル・ディーン王子を救い出したのです」

グイン陛下のお助けを得て、とつけ加えた少年の青い瞳は英雄に対するあこがれにきらめいていた。グインはゆっくりと片手をあげてその視線に応えた。

「さすがはアンテーヌ侯。とっさの場合によく対応された」

オクタヴィアをのぞく、これらの話を聞かされていなかったほかの列席者はひとときざわめいた。ディモスがはっきりと帝位に対する野望を明らかにしたことに対する驚きが走り、また、以前のディモスの人柄を知っているものがほとんどであったので、なぜ彼がそのような欲望に取りつかれたのかという疑問が波紋のように広がっていった。

グインはしばらく好きに話させておいて、しばしあってから口を開いた。

「ディモスにはクリスタルで会ったが、確かに以前の彼とは人柄がまったく違っているようだった。俺の知っている、そして皆も知っているであろう質朴で生真面目な彼ではなくなり、奢侈《しゃし》と権力への野望に取りつかれて俺に斬りかかってきた」

「陛下に！」

ハゾスが恐ろしそうに呟いた。彼は前もってグインからこの話を聞いていたが、聞くたびにいまだに信じられない気分になるのだった。親友として心を打ち明けていた男が、なぜ、ともに皇帝にいただこうとまで話していた相手に、剣で打ちかかろうとするなど……

「ハゾスには辛い話を聞かせたな」

　グインはこぶしを握りしめてうつむくハゾスに慈愛深い言葉をかけた。ハゾスはぶるっと身震いをして頭をあげ、「いいえ」と絞り出すように応えた。

「ディモスがそのように人格が変化したことについては、必ずなんらかの理由があることと推察しております。以前にはともに亡き大帝陛下に赤誠《せきせい》を捧げ、またグイン陛下に忠誠を捧げた身。つい先日にはこのサイロンも、魔道の大嵐に巻き込まれました。グイン陛下のパロ遠征に同道した兵士たちからも、『魔の胞子』なるものの存在を報告されております。人間に取りつき、脳に食い入ってその者を竜王の手先となす呪わしい黒魔道の術であるとか」

「俺もそれは知っている。その部分はいまだ記憶が定かではないので、自分で知っていると言えないことが残念なのだがな」

　グインは小さく息をついた。彼を悩ます記憶障害のなかでも、パロ遠征に関する記憶は特にいまだに治るようすを見せない頭痛の種だった。

「確言はできないのだが、しかし、ディモスのようすはそういったものとは違っているように俺には思えた。『魔の胞子』にとりつかれたものはしまいに自分の意志をなくし、竜王の意志のままに動く操り人形となると聞く。ディモスはそのようではなかった。あくまで自分自身の意志として皇帝への望みと、俺に対する反感を抱いているように見受けられた。どのように、と言われても困るが、催眠か何かによって本来のディモスが覆い隠されているような、そういう感じが」

「すると、その催眠さえさませば、ディモスはもとのディモスに戻ると？」

「わからん。そこで、俺がクリスタルで出会ったもうひとりの人物が関わってくるのかもしれぬ。つまり──」

「──アルド・ナリス……」

息を殺してハゾスが呟いたとたん、列席者からいっせいにほうっというため息が漏れた。

「アルド・ナリスといえばキタイに操られたレムス前王のために身体の機能を失い、それにもめげずに神聖パロをとなえて立ちあがった勇者ではありますが──」

「しかし、死者でもある。そのはずだ。少なくとも、俺はそう聞いている」

自分に確かめるように、グインはうなずいた。

「本来ならば俺もその死の場に立ち会っていたらしいのだが、これもまた残念なことに俺の消えた記憶に属している出来事だ。アルド・ナリスについて知っていることといえば、噂話で聞いたことと間諜の報告くらいしかない。だが、アルド・ナリスが死んでいることは事実であるようだし、リギアやマリウス──アル・ディーンにそれとなく確かめても、彼らは不審そうな顔をして肯定するだけだった。アルド・ナリスは、確かに死んでいる。そのはずなのだ」

玉座のひじを、グインはコツコツと叩いた。

「しかし、俺の出会った人物は確かにアルド・ナリスと名乗った」

「別の人間が変わって名乗っているのではありませんか」

思いきったようにアランが言った。

「竜王の息のかかった人間がアルド・ナリスを名乗り、陛下をまどわしたてまつらんとしたとか」

「それもありうるかもしれん。だが、これも俺の直感なのだが、あれはそういったものではないように思えるのだ。アルド・ナリス……」

肘掛けに置いたこぶしを、グインは見つめた。

「彼は自分の死を肯定していた。そのうえで、竜王の指示は受けていないとも言っていた。パロの王族として、自分自身以外の人間の命令を受けることには我慢できないと。今も昔も、望むことはたったひとつ、世界生成の秘密を確かめること、宇宙の真実を確かめることだと言っていたが。俺にイシュトヴァーンの、リンダの、そしておそらくはシルヴィアの——姿を見せ……」

「シルヴィア」

オクタヴィアが驚いて腰を浮かせた。

「あの娘《こ》はクリスタルにいるのですか？　どうして？」

「シルヴィアだと確信が持てているわけではないのだ」

　多少申し訳なさそうにグインは言った。

「不意打ちのように後ろ姿だけ見せられて、それも魔道のまぼろしだったもので、ほんとうにシルヴィアか、どうか、そもそも彼女がいるのがクリスタルなのか——それもあきらかではないのだが、その一瞬に不意を突かれ、暗黒の空間に閉じこめられた。ルカスやアウロラ、カリスたちの襲われる姿をかいま見たがためか、その空間より逃れることはできたが、その時にはもうもといた場所に戻っていて、アルド・ナリスの姿はなかった」

「ディモスの姿も消えていたわけでございますね」

「自分で縄を解いたのか、それとも誰かが助けに来たのかは不明だが、俺が横たえておいた場所にはいなかった。あるいは、フェリシアと名乗った俺を案内した婦人が助けたのかもしれんが」

「壊滅したクリスタルで、そのような女人がひとり生き残っているのもいぶかしいことではありますな」

　ハゾスがあごをなでながら言った。

「うむ。ひとまずあたりを探してみたが、女人の姿も、ディモスの姿もなかった。カリスたちが心配で、長い時間をついやすわけにいかなかったのだが」

「よろしいでしょうか、陛下」

ガウスがひかえめに発言の許しを求め、

「すでに〈竜の歯部隊〉の精鋭より各地へ探索の手をのばさせております。クリスタル周辺、パロはもちろんのこと、クム、周辺の自由国境地帯にも隊員を派遣しております。ディモス殿はあのような外見の方、身を隠そうとしても目立つことでしょう。手配書もすでに各地に撒かせております。発見は時間の問題かと」

「しかし、魔道の疑いがあるからな。黒魔道の介入があるとすれば、ただ普通に探しても見つからぬということもあり得る」

「は、それは……」

「よい、ガウス、そのまま探索を続けさせてくれ。ハゾス、アクテ夫人と、子供たちはどうしている」

「ひとまず黒曜宮内のワルスタット侯公邸内にて謹慎という形にさせていただいております。お気の毒に、すでに死罪を覚悟されているようで、先日おうかがいしたときも、自分はどうなってもよいから子供たちだけは命を助けてくださるようにとの切なるお願いでございました。とにかくディモスが見つかるまではなにも始まらぬのだからとお慰めしてまいりましたが、子供たちをかばって悄然となされるありさまは、私などの胸もふたがれるようでございました」

「陛下、どうぞ、姉には慈悲をお願いいたします」

アランがたまらずと言ったようすで腰を浮かせた。

「義兄《あに》がなにを思って帝位を望んだのか、僕にはわかりません。あるいは、なんらかの魔道の催眠にのせられたのかも。でも、姉には罪はないはずです。ましてや、いとこたちには。義兄が魔道に操られてこのようなことをしでかしたのであれば、僕が必ず、義兄を操る黒魔道師を見つけて退治してみせます。ですから」

「はやるな、アラン。それにまだ、ディモスも見つかっておらんのだ」

軽く笑って、グインは若いアランの焦りをなだめた。

「ロンザニアの黒鉄問題はケイロン城址の白金鉱脈の発見で目鼻がつきそうだ。民の復興に必要な財源も、白金のおかげでなんとか追いついてきている。ロンザニアからの職人の移住のほうはどうだ？」

会議は別の方向へ移っていった。目の前で交わされる議論に注意深く耳をかたむけながら、オクタヴィアは、グインの豹頭を気づかうように見つめていた。神話の中から出てきたようにみえるその姿に、どこか気がかりなものを感じるかのように、その視線はどこか痛々しげだった。

2

「グイン」

　御前会議が終わって退出してきたとき、オクタヴィアがそっと寄ってきてグインにささやいた。

「グイン――少し話してもよくて？　お茶の一杯でもいかが」

「皇帝陛下のお招きであれば、むろん参上しよう」

　二人は黒曜宮の一室に連れ立って入っていった。宮殿の中でもさほど広くはない、といってもなみの家の一軒分は十二分にある広さで、庭に向かって開いた窓からは見事にととのえられた庭園が見える。白い神々の石像が点々とたつ庭園を、最近ようやくまた出入りするようになった庭師たちが行き来して、枯れた花をつみとったり伸びすぎた枝を刈り込んだりとせわしく働いている。

　ここは皇帝が私的なもてなしに使うひと間で、黒と金で重厚に飾られた黒曜宮の偉容はそのままに、壁には清涼な湖の風景を描いたパロの絵師の手になる画が飾られ、壁の綴織《タペストリ》も明るい色で、木々の間をたわむれる妖精《エルフ》のすがたを描き出している。格式よりも、心地よく過ごせる方に気をつかった部屋で、オクタヴィアはそこに据えられた大きなソファに腰をおろし、ほっと息をついた。グインはそれに向かいあって腰をおろし、オクタヴィアは小姓を呼んで、飲むものを持ってこさせるように言いつけた。

「グイン、あなたは何がよくて？　カラム水、それとも、お酒がよいかしら？」

「昼間から呑むほどでもあるまい、カラム水にしよう。できれば熱くして」

「では、カラム水を二つね、ネアン……私の分には蜂蜜を少し入れてちょうだい。——ねえグイン、これはあなたがさっき聞いてほしくなかったと思ったから聞かなかったのだけれど」

「なにか、陛下」

「あなたはどうして、シルヴィアを探さないままケイロニアへ戻ってきたの？」

しびれるような沈黙があった。グインの豹の頭の表情は変わらないが、その肩がわずかに上下したように見えた。オクタヴィアは責めるようではなく、むしろ悲しげに見えた。ネアンが入ってきて、二人の前にそれぞれカラム水の器と、ちょっとしたつまみ物の木の実やヴァシャの乾果などを盛った皿を並べて下がっていくまで、二人はひと言も口をきかなかった。

「陛下にはきっと失望されていることだろうが——」

「ああ、違うのよグイン、違うの。あなたを責めているんじゃないの。ただ、あなたが心配なの。あなたがあんなに愛し求めていた私の妹、決別したとはいえあなたがそんなに簡単に人を切り離せる人じゃないのはわかっている。それなのにあの娘《こ》を、手がかりらしきものを見つけたのにどうして追わなかったのかということよ。……わかっているわ、あなたがいなければケイロニアの国は弱体化する。わたしは女で、まだ即位したばかりで人々の民意もとらえきれていない。そんなときに、はやく戻ってきてくれたのはとてもありがたいと思うし、あなたの真心は私自身がほかの誰よりも知っているわ。それだからこそふしぎなの、あなたはどうして、そのままシルヴィアを探そうとせずにケイロニアに帰る道を選んだの？　捜索隊の三人もいっしょに引きつれて、まるで何かを見ないようにするように——」

「何かを見ないようにする——か」

うつむいて、グインは言った。

「俺は——俺は、おそらく、怖かったのだ。陛下」

「怖かった？」オクタヴィアの瞳が大きくなる。

「あなたともあろう人が、どうして？」

「俺は、——俺は、シルヴィアの目にもう一度映ることに、堪えられないのだと思う」

両拳をひざの上に置いて、グインの豹頭はうなだれていた。

「俺はだめな良人《おっと》だった。一度として彼女を満足させたことがなく、しまいには長く彼女を放置してあげくにひどく傷つけた――しかも、その傷つけたわけさえも、記憶のどこかへやってしまった」

カラム水に口をつけ、苦そうにすぐ離す。

「そして彼女を闇が丘に閉じこめ、まるでいないもののようにした。――彼女が夜ごと俺を呪い、罵りわめき叫んでいたことは聞いている。俺はその、彼女の怒りにまともに向かいあうのがもはや堪えられないのだ。彼女が廃嫡され、あなたが皇帝の位に就き、そして俺自身が、愛妾を持って子供まで生まれている――それが幸せでないというのではない、むしろ、幸せであればあるだけ、俺は二度と彼女の前に出られないような気がするのだ。彼女の呪いと怒りを受けることに、もはや堪えられないと――彼女の不幸の上に自分の幸福が成り立っているような気がして、とうてい顔などあわせられないと、そういう気がするのだ」

「そんな――そんなことないわ、グイン。誰にだって幸せになる権利はあるのよ。あなたはいま幸せ、それでいいじゃない。あなたの幸せとシルヴィアは関係ないことよ」

「ひきょうな話だ」

ぽつりとグインは言った。輝くトパーズ色の目は、今は自分の内側へこもって暗く陰っていくかにみえた。

「俺には愛するということがよくわからぬ。シルヴィアの純真さ、何事にもうそを認めぬまっすぐさ、手の中につつめば壊してしまいそうな弱々しさ、はかなさ――そういったものに惹かれ、守らねばならぬ、この姫こそわが守るものと誓ったのは本当だ。だが今は、守るべきものがほかにもできてしまった。ヴァルーサ、アルリウス、リアーヌ――それが俺には、シルヴィアに対する大きな裏切りのように思えてならぬ。今度あの怒りと呪いを面と向かってぶつけられたら、俺は粉々に吹き飛んでしまうのではないかと、そんなことさえ思う」

「こんなこと言いたくはないけれど、あなたを裏切ったのは、あの娘《こ》が先なのよ、グイン」

オクタヴィアは言った。

「あなたをさんざん好きなように振りまわして、そのあげくに、キタイへ攫われるようになったのは、あの娘《こ》が自分から男を引き入れたからだときくわ。それに、あなたと結婚したあとになって、それは、あの娘にも言い分はあったのでしょうけど、街へ出て手当たり次第に男を引きずり込むなんてことをしたんだもの。あなたは、もっと腹を立てていいのよ、グイン」

「俺にはそんな資格はない。俺はただ、彼女のかよわい心を守りきれなかった。役立たずの夫だ」

「グイン……」

しばし言葉を失って、悄然とするグインを見つめていたオクタヴィアだったが、その時、扉のほうから、言い争う声が聞こえてきた。

「困ります、ただいま、皇帝陛下とグイン陛下がご会談中で」

「そんなこと知ってるよ、だから来たんじゃないか！　二人に話があるだけなんだ、ちょっと入らせてくれてもいいじゃないか」

「困ります、もし――」

「どうしたの」

オクタヴィアが声を高くした。

「その声はマリウ――いえ、アル・ディーンさまね。どうなさったの。いいから、お入りくださいな」

それと同時に戸が開いて、マリウス、今のところはパロ王位継承権者アル・ディーン王子が、飛び込むように入ってきた。あいかわらず装束は旅の吟遊詩人のもので、背中にはキタラを背負い、三角帽子をくしゃくしゃにして片手につかんでいる。感じやすい茶色の瞳は、浮かんだ涙に光っていた。

「ひどいじゃないか、グイン！」

二人が顔をそろえているのを見ると、どちらかというと八つ当たりしても許してくれそうなほうのグインに飛びつくようにして叫ぶ。

「なんだ、どうした」

グインの豹頭は先ほどまでの影すら残さず、いつもながらの泰然としたふうをたたえている。

「トーラスが――トーラスが焼かれたなんて、僕、そんなこと聞いてなかった！」

グインは小さく息をつき、オクタヴィアと視線をかわした。いずれわかってしまうことだろうとは思っていたが、イシュトヴァーンがトーラスを焼いたという話は、これまでマリウスの耳には入れていなかった。それを耳にすれば、トーラスの〈煙とパイプ亭〉を故郷とも考えているマリウスが、黙っているはずはなかったのだ。

アルド・ナリスと称する人物のことは明かすわけにはいかないな、とのグインの目くばせに、オクタヴィアがしっかりと応える。もしそんなことを聞いたら、マリウスはたちまちその場から飛び立って、あとにしてきたクリスタルの、竜頭兵と銀騎士のうろつくまっただ中へとつっこんで行くに違いない。

今でさえ、すぐにでも黒曜宮を飛びだして、トーラスへと駆けだしていきそうに見える。吟遊詩人姿をしているのは黒曜宮に入ることになったマリウスの抵抗の一種でもあったが、おかげで、今にもその場から翼をならして飛び立っていきそうな小鳥そのものだった。

だ。

「なんとか言いなよ！」

二人が黙って顔を見合わせているのを見て、マリウスは子供のようにじだんだを踏んだ。

「二人とも、トーラスが僕にとってどんな場所か知っているはずじゃないか。そうさ、タヴィア、君だって、オリーかあさんとゴダロとうさんのことは忘れたことはないはずだよ。それなのに、ひどいじゃないか。〈煙とパイプ亭〉のみんながどうなっているかもわからないのに、優雅にお茶なんか飲んじゃってさ」

「私だって心配していないわけじゃないのよ、マリウス」

たまりかねてオクタヴィアが言った。

「私だってオリーかあさんたちのことは考えたわ。真っ先によ。近所の人たちだってどうなっていることか、気がかりで胸が痛いわ。だけど、しょうがないじゃない。私は今はケイロニアの皇帝で、自分で飛んでいってどうこうすることはできないんだもの」

マリウスはむっと頬をふくらませて黙ったままでいる。

「ケイロニアはまだ黒死病の流行から立ち直りきってはいないわ。それに、国是としての他国への不干渉もある。今のところ、イシュトヴァーンがトーラスを攻撃したのはあくまでゴーラの問題よ。ケイロニアが口を出すようなことじゃない。立場的な面からも、資金的な面からも、手を出すことはできない。それがわからないあなたじゃないでしょう」

「わかってるよ、そんなことは、僕だって！　このケイロニア宮廷が、ひどく冷たい場所だってことくらいね！」

　マリウスは爆発した。

「僕はただ、人間らしい気持ちってものを表してるだけだよ！　オリーかあさんやゴダロとうさんやダンやアリス、あそこのみんなにどんなに僕が世話になったか、君だってどんなにかわいがってもらったか、思いだしてもらいたいだけだ！　僕は暗殺者として追われたときに、あの人たちに助けてもらわなけりゃきっとあの時死んでた。それくらいの恩があるんだ。トーラスが燃えて、あの家の人たちがどうなったかわからないなんてことがあったら、心配して騒ぐくらい当たり前だと思わないのかい！」

「あなたが心配するのはわかるわ、マリウス」

なだめるようにオクタヴィアは手をさしのべた。

「でも、今はどうすることもできないのも本当なのよ。わかって。あなただって、パロのたったひとりの王位継承権者として、今は安全なところにいるべきよ。トーラスのことを心配するのはわかるけれど、今は、私もあなたも、どんなこともできないのが実情なの」

「せめて避難民に補助金を出すことくらいできるじゃないか。〈煙とパイプ亭〉のみんなを探すことだって──」

「サイロンからトーラスまでどれくらいあると思っているの？　それに、さっきも言ったけれど、ケイロニアの国是は他国不干渉よ。何が起こったとしても、ゴーラの国内で起こったことにケイロニアは干渉しない」

「パロの内戦にはグインが協力してくれたじゃないか！」

「あれはパロ一国の問題ではなく、いずれ、中原全体の平和にかかわってくると考えられたからだ、マリウス。今回のことと同じではない」

グインが静かに言った。

「トーラスの人々を思うお前のやさしい気持ちはわかる。俺もあの老婆と老人には息子の死を伝えるさいに出会ってよい人間だと思った。だがマリウス、今のお前はパロの王位継承権者としてこの宮廷に身を寄せている立場だ。ゴーラで起こっていることにいかに心を砕いても、なにもできることはない。気がかりなことはわかる。俺も痛ましいことだと思う。戦争はつねに痛ましい。だが今のお前ができることは何もないのだ、マリウス」

この言葉にマリウスは真っ青になった。それから真っ赤になって、何か言い返そうと唇を突き出したが、先回りしたグインに、

「むろん、サイロンを飛びだしてトーラスへ赴こうと思っても無駄だぞ」

と押しかぶせられた。マリウスはいよいよ真っ赤になって、

「なぜさ。僕にだって何かできることが――」

「無駄だ。一国の首都が陥落し、その住民が焼け出されるような大きなことに、おまえの手ひとつで何ができるとも思えんが。それにおまえは、今は唯一のパロの王位継承権者であることから逃れることはできないし、俺もそれを忘れさせる気はない。今この状況で、ただ一人の王位継承権者を危険な戦争地帯にふらふら旅に出させるわけにはいかん。

お前が行って何かできることがあるなら俺はそうすればいいと言うだろう、マリウス、だが今はほんとうに何もないのだ。行ったところでおまえの身が危険になるばかりか、ただでさえ断絶の危機に瀕しているパロ王家がますますあやうくなるだけにすぎない。そんなことをさせるわけにはいかない」

「グインまでそんなことを言うのかい」

真っ赤になっていたマリウスの顔から血の気が引いて、両目から大粒の涙がぼろぼろあふれ出してきた。

「グインはきっと僕のこと、わかってくれるかと思っていたのに――」

「わかっているさ。おまえがどんなにトーラスのことを愛し、胸を痛めているかもよくわかっている。だが、俺は事実を告げないわけにはいかんのだ。トーラスのことを口実

にしておまえがサイロンを出ることは、せっかく安全に保護されているパロ唯一の王位継承権者を戦争や魔道で乱れきったちまたに放り出すことでしかない。パロの同盟国として、俺はパロの不利益になることはできない。今パロはクリスタルに大打撃を受けて、リンダの安否さえ不明だ。トーラスの反乱を鎮めたイシュトヴァーンが再び戻ってパロの侵略をもくろむ可能性もある。そんなときに、唯一の王位継承権者を、よりにもよっていくさの中心へと行かせるような真似は、パロに対する責任として俺にはできん」

「王位継承権者なんて、僕は――」

「少なくとも、今のおまえはその立場を受け入れていたはずだ。どんなに否定しても、おまえにパロ王家の青い血が流れていることは否定できない事実なのだからな。おまえの心にそれが反している、それがおまえの苦しみのもとなのだとは知ってはいる。しかし今は、おまえの好きにさせてやるわけにはいかんのだ、マリウス」

マリウスはしばらく両目から涙をぼろぼろとこぼしながら呆然と突っ立っていたが、ふいにぐいと涙を腕でこすると、扉を突き破らんばかりの勢いで部屋を出ていった。閉じられた扉を見やって、オクタヴィアは同情半分諦め半分のため息をついた。グインはしばらく沈思していたが、ふと空中に目を上げて、

「ドルニウス。いるか」

と呼びかけた。「は」と返事があり、もやもやと黒い影が床の上にわだかまって、魔

道師のマントに身を包んだ小柄な黒い姿が現れた。

「すまんが、しばらくマリウス——アル・ディーン王子の動向を見張っておいてくれ。もし無断で黒曜宮の外に出ようとしたようなときには、それとなく迷わせて時間を稼ぐとともに俺に知らせてくれ。彼に姿は見せないように。魔道師に見張られていたと知ったら、よけいにあいつはへそを曲げるだろう」

「承知いたしました。ほかには何か」

「いや、今はそれだけだ。頼んだぞ」

「お任せください」

ドルニウスは再びもやもやと黒い影の中に消えていった。それを驚きの目で見ていたオクタヴィアが、

「あなたが魔道師を抱えているとは思いもよらなかったわ、グイン」

「俺が抱えているわけではない。もとはパロのヴァレリウス宰相の部下だったのだが、色々あって今は俺の身辺についているだけだ」

「魔道師部隊をケイロニアにもそろえたいというのがあなたの意見だったわね」

オクタヴィアはほほえみながら、

「あんな風にいきなり出てこられると驚いてしまうけど、でもこんな風に困ったことがあると助けてもらえるのは便利ね。マリウスのこと、どうすればいいと思う？　正直、

あの人の気持ちがわからないわけじゃないだけに、心配なの。〈煙とパイプ亭〉のみんなが無事なことを祈るわ。だって今の私にもそれしかできない」

「そうだな」

「無力なものね、皇帝なんて」

悲しげにオクタヴィアは呟いた。

「いくら大国の頂点に立ってるって威張っても、大切な人たちの安否を確かめるだけの力も私にはないんだわ」

「あなたは無力ではない、陛下」

グインはやさしくオクタヴィアの手に手を重ねた。

「あなたを支える廷臣たちと、ケイロニア軍、十二選帝侯、それに、微力ながらこの俺がいる」

「あなたが微力だなんて誰にもいわせないわ、グイン」

オクタヴィアは泣き笑いのような表情でグインのごつい手を握りかえした。

「不思議ね、あなたがいるだけでどんなことも安心だと思ってしまう。本当はね、私、マリウスのことがうらやましいのかもしれない。あんな風に開けっぴろげに、オリーおばさんやおじさんたちのことを気にかけられて。私にはそんなことをすることさえ許されないわ。私はケイロニアの皇帝で、トーラスの一家族のために何かをするなんてことはとてもできないし、そのことについて怒ることもできないんだもの。あんな風に怒って泣ける彼がとてもうらやましい。私ってやっぱり女なのね、グイン。とてもお父さまのように、剛毅にも強靭にもなることなんてできそうにないわ」

「あなたは立派な皇帝だ、オクタヴィア陛下。辛いことも呑み込んで、よく務めている。こんなことを俺が言うのは不遜かもしれないが」

「あら、あなたはいいのよ。お父さまも、『グインのように不遜で無礼な奴は珍しい』と笑いながらおっしゃっていたわ。あなたは誰にでも変わらずにまっすぐに正面から接する、それがあなたなのよ。だから皆があなたを愛し頼るのだわ」

「俺はいつでも、思ったことをそのまま口にしているだけだが」

「ええ、そうね、でもそれがいつも奇妙なくらい的を射ているのでみんなあなたについていくのよ。……でも、そんなあなたが、思っていることをまっすぐに言えないのが、私の妹のことなのね」

声を落としたオクタヴィアに、グインははっとしたように手を離した。すっかりさめてしまったカラム水に目を落としながら、オクタヴィアはぽつぽつと、

「お父さまも気にしていらっしゃったわ。グインには無理をさせてしまったのではないかと。傷のついた娘を、同情心からもらってくれたのではないか、哀れんでくれたのではないかと、ときどき私にそう言っておいでだった」

「同情や哀れみなどとんでもない。俺はシルヴィアを好いていたし、好いていなければ結婚などしなかった」

「そうね、でもお父さまは、ときおりどうしても心配になることがおありのようだった。……特に、あの娘《こ》が子を孕んでからあとには。今もあなたはあの娘《こ》を愛していて、それで、どうしていいかわからなくなっているのね。私にはそう思えるわ」

「陛下――オクタヴィア……」

「あなたも、マリウスも、とても情の深い人なのね。だから一度かかわった人は全身をこめて抱きかかえようとするし、それができないときには、おのれを責めてひっそりと裡《うち》にかかえ込むか、でなければあんな風に、苛立ってまわりじゅうに当たり散らしたりするんだわ。ねえグイン」

今度はオクタヴィアが、グインの大きなこぶしをそっと包み込むように上から手を添えた。

「あなたは、もっと他人を頼ってもいいと思うのよ。あなたはなんでもできるし、してしまう人だけれど、そんなあなたでも抱えきれないことはある。そんな時には、もっとおおっぴらにしていいと思うの。マリウスみたいになるのは困るけれど、時々は私やハゾスや、ほかの人に、胸のうちを聞かせてくれることがあっていいわ。あなたを頼りにする人は多いし、私ももちろんその一人だけど、だからといってあなたがいつもいつも一人で立ってばかりいなければならないことはないと思うのよ、私」

「俺が一人で立っているなどとんでもない。俺はいつも多くの人に支えられてきた。なき大帝陛下、ダルシウス将軍、ハゾス、リンダにレムス、イシュトヴァーンやマリウスさえ俺をこの地、この場所に導いてくれた人々だ。俺は多くの人に支えられて立っている。彼らの力に応えるためにも、俺は、至誠であり、力強くなければならんと、いつも心に誓っているのだ」

「あなたは、そう思うかもしれないけれど、グイン」

いくらかさびしげに、オクタヴィアはささやいてグインの手をそっと撫でた。

「でも憶えておいて、いつでもあなたを思っている人々が周りにいることを。――私たちだって、あなたに守られているばかりじゃいられない。あなたを守るべき時が来たらきっと力を合わせてあなたを守るわ、だからグイン、一人にならないで。私は頼りない皇帝だけど、きっとお父さまに誓ったような立派なケイロニアの統治者になってみせる。だからどうか、時が来たら私にもきっと頼ってちょうだいね」

3

「それではあなたが今度はルヴィナさんの——シルヴィア妃の探索に向かわれるのか」

ときめく胸を押さえつつ、アウルス・アランはうなずいた。

目の前には見事な金髪と、アクアマリンの瞳を持つ麗人が寝台の上に半身を起こしている。魔道師にかけられた呪いの影響からまださめきらないアウロラは、黒曜宮の一間に病床を与えられて、その間で伏せっているところだった。

帰り道で行き会った呪術使いの老婆に術は解いてもらったとはいえ、その後も身体にこごった〈気〉が邪魔をして、微熱が下がらず、全身がだるい日々が続いている。シルヴィアのことを思いながら悶々と過ごす毎日に、この青年が現れるようになったのは、つい先頃のことだった。

「父がディモスの脅しになびくと見せかけて約定を結んだのは詐術であると皇帝陛下もグイン王陛下も理解してはくださっていますが、形の上でケイロニアに背する形になったことは否定できません。グイン王はその償いとして、僕にあらためてシルヴィア妃を探す部隊の先頭に立てと命じられました。名誉なことだと思っています。ことに、あなたが担われていた任務を引き継ぐことになるというならば」

あこがれをこめた目でアランは相手の波打つ金髪を見つめた。彼にとってアウロラはドライドンの伴侶たるニンフ、いやそれ以上に、美しい女人と見えるのだった。

「あなたと初めて会ったときのことは忘れもしません、アウロラ。嵐の去った早朝、僕は船の被害を見るために、浜辺におりていった。折れた帆桁やこわれた小舟や、さまざまなものが流れ着いた浜辺に、あなたはたった今海からあがってきた人魚《マーリア》のように横わっていた、金髪を水に漂わせて……僕が抱き起こしたとき、うっすらと開けた目の色は輝かしいレントの海の色だった。僕は一目で……一目で――」

その先をいいさして頬を染める青年に、アウロラは苦笑して、

「あの時は救っていただいて礼をいう、アウルス・アラン殿。あなたが見つけてくれなければ、また寄せてきた潮に流されて溺れ死ぬか、そのまま身体が冷えて凍え死ぬかどちらかだったろう。アンテーヌ侯家には感謝の言葉もない。たまたま流れついただけの私を歓待してくださったうえに、アンテーヌ侯には直筆の旅券までいただいて」

「いや、そんなことは……」

アランは困惑して手を振った。確かにあの時、一目で心を奪われた彼女を衝動的に家に連れ帰ったのは自分だが、まさか謹厳な父が受け入れるとは思っていなかったのだ。

叱責を受けるか、よくても家の外へ預け置かれるだろうと思っていたのに、父はアウロラをアンテーヌ城に受け入れ、身体が回復するまで手厚い看護をも受けさせたのだった。アランにとっては喜ばしいことだが、父の行動にしては少し甘すぎると思うことも少なからずあった。

（まあ、これほど美しいひとが流れついたというのだし……それとも、この方に寄せる僕の心を父は読んでいたのだろうか）

困惑したようすのアランに、アウロラは少しわらった。それだけで、アランは心が身のうちから溶けだしてゆきそうな幸せを感じた。恋する青年のとけるような顔に、アウロラはあたたかいまなざしを向けると、ふと顔を引きしめて、

「アラン殿。どうかそのシルヴィア妃探索の部隊に、私も入れてもらえないだろうか」

「えっ」とつぜんの申し出に、アランは息を止めてアウロラの顔を見た。

「それはどうして……アウロラ、あなたはシルヴィア妃を探す旅に出ていて、その途中で魔道師に術をかけられて今の状態になったと聞き及びます。まだ身体も十分でないのに、再度の出発は無茶でしょう。グイン王からも、ゆっくり身体を休めるようにと言われているのではありませんか」

「そうだ。だが、私はがまんができない」

敷布の上に置いたこぶしを握りしめて、アウロラはくちびるを噛んだ。

「ルヴィナさん――シルヴィア妃に売国妃などという汚名を着せられているのが、どうしても納得がいかないんだ。あの人はそんなことのできるひとじゃない。ただ純真で、まっすぐで、平凡な暮らしだけを望んでいたかわいそうな人なんだ。私はあの人を救ってあげたい。守ってあげたいんだ、アラン殿」

「それはわかりました。でも、今の身体では長い旅は無理でしょう。あなたを術にかけた魔道師と再会する危険もあります。そんな旅に、あなたをお連れすることはできませんよ」

「それでも、私は……！」

寝台から身を乗り出しかけて、アウロラはふらりと倒れかかった。アランはあわてて支えた。かぐわしい髪があふれるように流れおち、アランの肩をすべった。動悸が急上昇し、アランの耳が真っ赤に染まった。

アウロラはアランの胸にもたれてしばらく荒い息をつく。茹《ゆ》でられたようになっているアランの反応になんと思ったのか、ふと自嘲の笑みをこぼして、

「すまないな。確かに、こんな調子では探索の旅など出られるはずもないか。部隊を率いる隊長としては、何を言っているのかと怒られてしまってもしょうがないだろうな」

「お、怒るなどとんでもない、ただ、その、ただ……」

「わかっている、無理を言っていることくらい。ただ私は、シルヴィア妃のことが他人

のように思えないんだ。皇室に生まれたことを嫌っていたという彼女が」

「あなたが？」

アランは愕然としてアウロラを見た。そういえば、この女性がどこのどういう生まれでどうして育ったのか、自分はまだ何も知らないのだと思いださせられた。沿海州の方だとだけは聞いていたが……

「それはどういう意味でしょう。シルヴィア妃が皇室を嫌っていたということと、あなたになんの関係が？」

アウロラは答えず、黙ったまま左腕に手をすべらせた。そこに華麗な文様の入れ墨があることをアランは知っていた。見ようと思ってみたのではなく、最初に浜辺で見つけたときに、乱れた服から透けて見えていて知ったのだが、彼女のような女性が、そのような入れ墨を入れることにどのような理由があったのかは、想像するしかなかった。

（このひとも、なにか言えない秘密を抱えているのだ……）

「アウロラ」

考える間もなく、アランはアウロラをしっかりと抱きしめていた。アウロラは驚いたようにもがいたが、アランは離さなかった。女にしてはしっかりした肩と腕はここしばらくの病臥で痩せ、細くなっていた。ゆたかな金髪に頬を埋めると、くらくらするような香りが立ちのぼってきてアランを夢心地にさせた。

「アラン殿？」

きつく胸に顔を押しつけられて、とまどったアウロラのくぐもった声がした。

「アラン殿？　どうしたんだ、急に。私は大丈夫だ」

「あなたが好きです、アウロラ」

アランは口走った。一度口に出した思いはとどまらず、次々と口から言葉が飛び出た。

「あなたが好きです、アウロラ。愛しています。初めて見たときから、僕はあなたに夢中でした。どうか僕の愛を受け入れてください、そして、僕の妻になってください。必ず幸せにするとお約束します。アウロラ、愛しています。愛しています――」

「アラン――殿――」

「愛しています、アウロラ」

「だめだ」

さけぶような言葉だった。アランの腕から身をもぎ離し、寝台の端へとアウロラは飛び退いた。その顔は蒼白になり、熱ではない何かの理由でかちかちと震えていた。

「だめだ。あなたは私にそんなことを言ってはいけない。あなたは私を愛するべきじゃないんだ、アウルス・アラン。私とあなたは、愛しあってはいけないんだ」

「なぜです」

腕の中から逃れていった恋人に、じれるようにアランは再び腕を伸ばした。

「あなたがどんな方であろうと僕は気にしません。父もきっと認めてくれます。でなければ、家に迎え入れ、直筆の旅券まで与えるはずがありません。あなた以外に、こんな気持ちになった人はいません。アウロラ……」

「いけないと言っているだろう！」

さしのべられた手を、アウロラは乱暴に払いのけた。

「あなたはよい人だ、アウルス・アラン、だが、これだけは駄目だ！　私とあなたは、結ばれてはならないんだ！　ヤーンの神にかけて、それはいけない！」

「なぜそんなことを言うんです、アウロラ。僕の心はあなたのものだ。僕の手も、脚も、胸も腹も全部あなたのものだ。あの嵐の岸辺であなたを見つけた瞬間から、僕の運命は決まっていたんだ。お願いです、アウロラ、僕の愛に応えてください。そして僕の妻になってください。お願いします」

「いけない！」

悲痛な声で叫んで、寝台の上でアウロラは身を縮めた。両腕で肩を抱き、小さくなって、細かく震えているその姿を見て、今はこれ以上いっても無駄だとアランは悟った。

「出ていってくれ。頼む。お願いだから」

「わかりました」

失望が声に出ないよう気をつけながらアランは言って、立ちあがった。

「少なくともいい人だと思ってくださっていることをよりどころにして、今は退散します。でも、僕はあきらめません。どうしてあなたがそんなに拒否するのかわかりませんが、どんなことがあっても必ず、あなたへの想いは通じさせてみせます。誓います。あなた以外の女性と結婚する気はありません。きっと、僕のまことの心を信じていただけるように努力します。待っていてください」

そう言うと席を離れ、急ぎ足に部屋を出て、ドアをそっと閉めて去っていった。アウロラはひざの間に頭を埋めて肩を抱き、嵐の中の木のようにふるえていた。きつくつぶったまぶたの裏には、男らしく整ったアランの顔と、もう一つ別の顔が交互に明滅していた――そう、それは畸姫ティィエラ、そのひとである。

かつて母なるレンティィア女王ヨオ・イロナ不意の死去のおり――兄イロン・バウムを抱き込んで玉座の簒奪をねらい、実は男であることをさらして、アウロラを女王につけその手を取ろうとした偽弟《おとうと》。

（「教えよう、あなたの父親を――ケイロニア人、ノルン海に面した地を治める大貴族、ケイロニア海軍を統率する将軍でもある、選帝侯アウルス・フェロン・アンテーヌだ」）

その時の衝撃がくらくらと頭をめぐる。ケイロニア人と言えば質実剛健、情に篤く、夫は妻に、妻は夫に忠実であることが美徳とされる。自分は不倫の子なのかという考えとともに、自分を絡めとろうとする白子の畸姫ティィエラの狂熱にうかされた真紅の瞳が鋭いいたみになって今ごろ眉間を突きさした。

（これはティエラの呪いだろうか——あの子が私に残した——いや、そうは思うまい、アウルス・アランはよい青年だ——）

（だが、ああ！　誰が彼に告げられるだろうか、私はおまえの腹違いの姉妹だと。たとえ半分とはいえ、血のつながったきょうだいに恋したなどと、あの青年が知ればどう思うだろう。二度と私とは目を合わせようとしなくなるに違いない。アンテーヌ侯はどう思うだろう。あの、威厳があり、鷹のような鋭い目をしたあの人は——）

　さすらいの旅の途上、アンテーヌに打ち上げられたときはまだ知らなかった。アンテーヌ侯が自分の父であるとは。しかしアンテーヌ侯は知っていた、あるいは、なにがしか察するところがあったにちがいない。それでなくては身元不明の遭難者を、いかに子息が救ったとはいえ邸に招き入れ、旅立つときには旅費と直筆の旅券までくれた理由がない。当時も不思議に思わないではなかった。だがティエラの言葉が、すべての謎を解いたのだ。

　アウルス・アランと出会ったとき、その顔のあまりに自分に似ていることに驚いたこともあった。だが今は二人とも成長し、アウルス・アランはより男らしさを加え、自分はいくらかとはいえ女らしいまろい線を刻みはじめている。男女の差が二人の顔に差をつけ、一目見ただけでは瓜二つとまではいえなくなっているのだ。

(彼の想いに応えることはできない――ヤーンよ！　なぜ、もっともあってはならない絆を、あってはならない二人の間に目覚めさせるのか。彼は私と会ってはならなかった。不倫の娘である私と、会ってはならないはずだったのに)

レントの海の色の瞳に、涙がにじんだ。それは恋をかなえてやれぬがための涙ではなかった。ただ哀れだった。今はドールの黄泉にやすらう母も、ティエラも、またアンテーヌで海を見つめるはずの父アウルス・フェロンも、アウルス・アランも、みなを心のうちに抱き取ろうとするかのような、ふかい、熱い悲しみと愛おしさの潮であった。

4

リギアのところにグインからの使いがやってきたのは昼下がりのことだった。

「グインが？」

練兵場で細剣の訓練をしていたリギアは、けげんに思って目を細めた。

サイロンに来てからふた月ほどたつが、その間グインからはなんの音沙汰もなかった。

もっとも、実はその間グインは替え玉を宮中に置いたまま、遍歴の途上クリスタルへと脚を伸ばしていてケイロニアに不在であったのでこれはいたしかたない。

「でも、そう、わかったわ。今から行けばいいの？　今夜？　そう、それでは迎えが来るのね。では私の部屋にいますと伝えてちょうだい。お待ちしているから」

使い役を任された小姓は向きを変えて小走りに駆けていった。その後ろ姿を見送りながら、同じように武芸の修練に励んでいたブロンが、「なんです？」と問いかけてきた。

「わからない。会って話がしたいということだったけれど。今後の身の振り方のことかしら」

そのことについてはリギアもひそかに頭を悩ませていた。正直なことをいえば、スカールを探しにふたたび旅に出たいのはやまやまだ。しかし、あのクリスタルの惨状を考えると、自分一人が勝手にそのようにふるまっていていいものかという疑念も覚える。

いまケイロニアにともに身を寄せているアル・ディーンは、いまや唯一のパロの王位継承権者だ。彼の付き人として、しばらくケイロニアに滞在すべきではないのか、そういう風に思ったりもする。なにしろ宮廷というものの大嫌いなアル・ディーン、というかマリウスのことだから、誰かそばにいて見守っている者がいないとまたふらりと出奔してしまうかもしれない。

子供ではないのだからそういつもいつもべったりするわけにはいかないが、いまやほとんどいなくなってしまったパロの聖騎士として、王位継承権者を守るのは自分の義務であるような気がリギアはしていた。ケイロニアにはおおぜいの騎士がいて、マリウスの身の安全は保証されているにしても、やはりパロの国の代表として自分がいることが、マリウスの王位継承権者としての立場にもつながるように思う。そんなことを聞いたらマリウスは「僕は王位継承権者だなんてお断りだよ！」といつものように叫ぶかもしれないが。

剣を収めて、リギアは汗を拭いた。ケイロニアの待遇に不自由はない。与えられた室は華美ではないが豪華だし、毎日の食事も十分なものが運ばれている。ただ、なにもすることがないのが苦痛の種だ。宴会や舞踏会などは嫌いだし、行っても聞かれたくないことを根掘り葉掘りされて不快な思いをするに決まっている。

それにもともと疫病から復帰したばかりのサイロンには宴会を催すほどの余裕のある貴族や商人がいない。最近見つかったらしい、なにか珍しい金属の鉱脈のおかげでぐっと経済が潤ったそうで、ひところに比べるとずっとサイロンの人通りは増しているが、疫病に続いてサイロンを襲った魔道師同士の争いの災厄の傷は、まだ完全には復活できないほど深かったのだ。

だからクリスタルへ派兵している余裕はないことも理解している。アキレウス大帝が薨去《こうきょ》し、新女帝オクタヴィアのもとで新しい体制を作り上げようとしているやさきのケイロニアに、いかに同盟国といえども、黒魔道の産物が横行するクリスタルへ軍を派遣している余裕などない。それよりも今は、新帝のもとで宮廷をしっかりと作り直し、大打撃を受けた国民とサイロンの復興につとめるべきだ。

その上で自分になんの話があるのだろうかとリギアは不思議に思った。マリウスの件で何かあるのだろうか。グインがわざわざ自分を呼び出してまでしたい話があるなら、それくらいしか思いつかないが。またあのしょうもない王位継承権者が、王宮はイヤだ、どこかへ出ていきたいとでも言い出して問題になっているのだろうか。

「考えこんでいますね」

いいながら、ブロンが飲み物を渡してくれた。果汁を水で割って、氷を浮かべた飲み物を一口味わい、あとは一気に飲み干して、リギアは息をついた。

「まあ、そうね。私はこの宮廷では余計者だもの。その余計者の私に、グインがなんの話があるのかしら」

「あなたは余計者などではありませんよ。わが国の大切な客人です」

「うまいことを言ってくれるのね。でも、することも、役目もない、ただ食わせてもらってるだけの人間を私は立派な名で呼びたくないの。なにか私に役目をくれるという話かしら、そうだとしたらうれしいんだけど。もしそうでなかったら、こちらからお願いしてみようかしら」

「われらケイロニア騎士の使うのは大剣ですが、パロ風の細剣による武技も見事なものですよ。もしかしたら、騎士団の前で模範演技をとのことかもしれませんね。少なくとも私は、そうであったらいいなと思います。あなたの剣は舞踏のように美しく強い、リギア」

「まあ、お世辞」

無精ひげの伸びてざらざらする相手の頬をかるく撫でてキスをし、手を振ってリギアは練兵場をあとにした。

さっと湯あみし、髪を洗って服を着替え、グインからの呼び出しに備える。これがパロでなら湯あみ一つにも長々と手順があり、何人もの召使いといくつもの施設が必要になるところだが、ケイロニアでは、湯あみといえば湯気の立つ湯が浴槽にいっぱい用意されるだけで、背中を流す係の召使いはいるが、パロでのように何人もの人間がよってたかって手足を揉んだり、身体をさすったり、こすったりということはしない。浴場は広くて実用的にできているが、いちいち彫刻で飾ったり、湯に花を浮かべたりはしないし、香料も使用しない。

もっとも、そうした簡素さはリギアの好むところだ。汗を流してさっぱりして出て、部屋に戻り、用意されていたかるい食事を取る。熱いカラム水が水差しに一杯、冷肉とチーズの盛り合わせに、かるやきパンとスープ、酢と油であえた野菜、葡萄酒もひと瓶ついている。旺盛な食欲で片づけて、チーズをつまみに葡萄酒をちびちびすすっているところへ、使者が来た。

「パロ聖騎士伯リギア様。グイン王陛下がお呼びです。私のあとについていらしてください」

リギアは杯を置いて立ちあがり、小姓のあとに従った。

廊下を歩いていくと、自分がパロではなく、ケイロニアにいるということが身にしみてよくわかる。優雅と繊細を旨とする華麗なパロの宮殿と違って、ケイロニアの黒曜宮は無骨といっていいほど重厚、人目を驚かせるような豪華さはないがどっしりとした年月の重みを感じさせるつくりで、柱ごとにともされた明かりさえ、雪花石膏《せっかせっこう》細工でふわりと舞いあがるように包み込まれていたパロとは違う。四角くて飾り気がなく、要所要所に使われた金色を引き立てるように光を放っているが、パロと比べれば質素と言っていいほどだ。

　だがけっして質素などではないこともリギアは知っている。一見簡素な浴場も、部屋も、建物も、すべて極上の材質をもって建てられているし、使う人間がもっとも使いやすいように意を配して作り上げられているのがよくわかる。パロの民として、自国の華麗と洗練には誇りを持ってはいるが、リギア自身の好みから言えばケイロニアのほうがずっと好きだ。この国のすっきりした空気の印象をそのまま映したような飾り気のなさは、パロという国に縛られながらも愛し憎んだリギアにとっては、心地いいものだった。

「こちらです」

　小姓が導いたのは黒曜宮の中でも奥まった一間だった。それほど広くはないが、黒曜宮のほかの部屋部屋と同じく、重厚な意匠をつくした部屋で、壁には月のかかった森の風景画がかかり、黒光りする柱には金の象眼が走って照明にきらめいている。床にはさまざまな動物の狩猟図を織り出した絨毯が敷かれ、居心地のいい雰囲気を作り出していた。

　グインは部屋の中央に置かれた卓に座ってリギアを待っていた。

「わざわざ来てもらって、悪かったな、リギア」

「いいえ、グイン。なんだかとても久しぶりのような気がするけれど、あなたと会えるのはいつでもうれしいわ」

きちんと王に対する礼をとり、勧められた椅子に座る。椅子は絨毯とそろいの分厚い綾織りで、これだけでも目の玉の飛び出るような価値があるにちがいない。運ばれてきた飲み物を手に取り、くつろいだようすのリギアをグインは目に笑みをたたえて眺めた。

「楽にしてくれ。……いきなり呼び立ててすまなかった。実は、折り入っておまえに訊きたいことがあってな、リギア」

「訊きたいこと？」

うながされて杯をとり、リギアは眉をひそめた。中身は蜂蜜酒を山の炭酸水で割ったもので、黄金色のゆらめきが美しい。甘いそれを一口すすり、炭酸の刺激を舌先に感じながら、リギアは、

「あなたが私に訊きたいことなんてどういうことかしら。ワルスタット城でのことは、もうだいたい話したと思うけど。ディモス殿が見つかったの？　それはそれでいいことだけれど、でも、ディモス殿については私、なんにも知らないわよ」

「ディモスのことではない。ワルスタットのことではないのだ」

珍しく、しばらくためらうかのように、グインは言葉を切った。

「──アルド・ナリスとは」

その名に、リギアはぐっと心臓を握りしめられたような気がした。

「アルド・ナリスとはどういう人間だったか、教えてほしい」

「……それは」

「俺はアルド・ナリスについてなにも知らない」

静かにグインは言った。

「ただ人から聞いたうわさと、国際政治の場での情報という形で知っていたまでだ。唯一直接会った機会であるという彼の死にぎわのことも、俺の頭からは抜け落ちてしまっている。俺はアルド・ナリスという人物のことを、ほとんど知らない」

「それは、そう──だけど……」

「リギア。おまえに酷なことを言っているのはわかっている」

グインは声を低くした。

「アルド・ナリスが生前おまえにとってどんな存在だったかも、やはり人から聞いたかぎりでしかないが、わかっているつもりだ。だがいまいちど聞きたい、アルド・ナリスがどういう人間であったのかを。それが今、とてつもなく重要なことになるかもしれんのだ」

「重要……」

「頼む、リギア」

両手をひざにつけて、グインは低く頭を垂れた。

「アルド・ナリスを身近でよく知る人間はおまえか、ヴァレリウスくらいしかいない。弟のマリウスを除いてだが、彼に問うのは問題がある。おまえしかいないのだ、リギア、彼について語れる人間は。アルド・ナリスについて、どうか俺に教えてくれ。彼がどんな人間であったのか」

「ナリス様……」

リギアは呆然と呟いた。ここで聞くとは思っていなかった名前だった。また、もう二度と口にすることもあるまいと思っていた名前だった。心の奥から氷河が溶け出すように、なにか熱いものがこみあげてきてのどをふさいだ。

「ナリス様……、ナリス様は――」

くり返して、くちびるを噛む。手に自然に力が入って、蜂蜜酒の杯を割れんばかりに握りしめていた。手に白く筋が浮き立っているのが自分で見えた。視界がふらつき、リギアは自分が全身をわなわなとふるわせているのを知った。

「ナリス様は――勇敢な、方だったわ」

ようやくそれだけ言って、自分でその言葉の物足りなさに狂い出しそうな気分になった。

「いえ、それだけではない——勇敢で、孤独で、知的で、しかも恐ろしい方——私たちのようなものにはとうてい理解できない、大きなものを見据えていた方——それでいて、まるで子供のような——赤ん坊のような——とても無邪気な、純粋な、方でもあったわ——……」

頬がむずがゆいと感じ、触ってみると指があついもので濡れた。リギアは自分が声なく泣いているのだと知った。それではまだ、彼を喪った傷はこれほどまでに深いのだ。いや、癒えることなどないと言ったほうがよかったか。寂寥感と空虚さが押し寄せてきて身体を包んだ。ルアーの化身のように輝かしく武装してアルカンドロス広場に駆け入ってくる姿が目の前に浮かび、ついでそれは、寝台の上ではかなくほほえむ月の妖精のような麗人のものに変わった。ああ、あの恐ろしかった一夜、ランズベール塔の一室でリンダの手を取って震えていたあの夜——あんな時でさえ彼はほほえみを浮かべていた……

一度話しはじめるとくちびるからこぼれ落ちる言葉は尽きることなく続いた。乳姉弟としてマルガの離宮で育った幼い日、宮廷の華としてあらゆる男と女の視線を一身に集めていた彼のこと、それでいて自分の真の心のうちは誰にも見せなかった彼のこと、リンダと結ばれた時の輝かしかった日々、そして一転して、陰謀によってくびきにつながれ、全身をひどく痛めつけられて、やがてその命を救うために右足を切断せねばならなかった――

「とても――とても不幸な方だった。あの方は」

声も立てず涙を流しながらリギアは呟いた。

「人が望むものすべてに恵まれていながら、そのすべてに倦《う》んでおられた――あの方がほんとうに輝いて見えるのは、自分の命をかけたボッカ勝負の時だけ――ほかには何もなかった……いつ、死ぬのだろう、自分はいつまで生きていなくてはならないのだろう、そう思っているような方だったわ――誰にも心を明かさず、明かすことができず、生きていることにすら喜びを感じず――ただ、星の彼方の世界、遠いノスフェラスの向こうのことを思うときだけなにもかもから解放されるようだった――私などにはとうていわからない、遠いところを……」

「不幸な方だった、とおまえは言うのだな、リギア」

ほとんど聞こえないような声でグインは言った。そのトパーズの目は宮殿の明かりの中でなにものかを射るようにするどく輝いていた。リギアは両手で顔をおおった。

「なにもかもに恵まれていながら、それに満足したことがなかった――求めたのはただ、遠い星辰の彼方にある世界、神々がゆきかい、飛びかける場所――自分は何者なのか、なぜここにこうしているのか、その意味を求め――その意味だけを求め――」

嗚咽が漏れた。なさけない、と思いながらも、なき人の回想はいまだに自分にこれはどの涙を流させるのだ。喉にひっかかる言葉を、リギアは無理に前に押しだした。

「誰よりも誇り高く、勇ましく——そして不幸で孤独な——そんな方だった。たとえ身体をそこなわれても、戦いにむかう勇気には一片のくもりもない、そんな——私などにはとても理解しきれないほど多くを見、多くを考え、そして多くのことをなして、去って行かれた……」

グインは涙にむせびながらのリギアの語りを聞いていた。金色の蜂蜜酒に落とした視線はなにごとかを考えているかのように深沈だった。

「そうか」

ようやくリギアが口を閉じ、恥ずかしそうに頬をぬぐったころになってやっと、グインは口を開いた。

「不幸な人物——おまえはそう言うのだな、リギア。むろん身体の自由をうばわれたのは不幸にはちがいないが、それ以前の精神的な不幸と孤独——死へのあこがれと生への倦怠——勇敢さと誇り高さ、磨き上げられた頭脳——はるか遠い空想を追っていた純粋さ——どうも、非常に複雑な人物のようだな、アルド・ナリスとは」

「どうして今ごろ、ナリスのことを訊くの？」

目の端をぬぐいながら、リギアは小さな声で尋ねた。

「あなたが記憶を失っていることは私も聞いているわ。ナリス様と最後に会った時の記憶も失われたままだって。でも、どうして？　今、ナリス様のことを聞いてどうしようというの？」

「……リギアには、言っておいたほうがいいかもしれんな」

少し考えて、グインは言った。蜂蜜酒をぐっと一飲みし、

「これは、マリウスには伏せておいてもらいたいが——俺はクリスタルで、アルド・ナリスと名乗る人物に出会った」

リギアは鋭く息を呑んだ。白い顔が陶器のようになり、黒い瞳が別人のようにぎらついた。グインは言葉を続けて、

「うわさに聞いていたとおり、地上でこれほど美しい男がいるのだろうかと思われるほどの美貌だった。彼は俺に親しげに話しかけ、すきを見て、俺を手に入れようとした」

「グイン！」

「が、それには失敗したから、俺はここにいるわけだが——まあ、一時会っただけの人物であるから、俺も完全に相手を理解したわけではないと思うが、おまえから聞くアルド・ナリスという人物と、俺の会った人物、共通するところがあるかないか、だな」

「ナリス様は亡くなられたのよ！」

リギアは叫んだ。新たな涙、今度は怒り混じりの涙があらたに噴きだした。

「二度とあのような方は地上にはあらわれない、許せないわ、そのような名を僭称する

ことは、ナリス様に対する侮辱だわ。ましてやクリスタルでなんて……クリスタルを魔王子アモンの手から取りもどすために、ナリス様は命をかけられたのよ。それを、クリスタルをあんな惨状に追い込むのを、黙って放っておくような者がナリス様のはずがない。恥知らずな竜王の手先だわ。ナリス様の名前と姿を使えば、私たちが動揺するだろうと思っているのよ。そんな手に乗るもんですか。安らかに黄泉に憩われているナリス様を、こんな風にまた使おうとするなんて、あのキタイの魔道師、永遠に呪われるがいい」

「アルド・ナリスと名乗る者当人は、竜王とは主従関係にはないと口にしていた」

グインは静かに言った。

「竜王の操り人形である可能性は確かにある。しかし、俺が会ったその人物は、確かに一つの強烈な性格を備えた、ひとつの人格であるように思えた。おまえの話してくれたアルド・ナリスと同じかどうかはわからんが、独立した人間のようだった」

「それこそ冒瀆だわ。ナリス様の名前を使った、おぞましい贋者よ」

手厳しくリギアは決めつけた。

「あの方のような方は二度と出てこない。世界で唯一、ほんとうにたった一人の、太陽《ルアー》のような方だったわ。それが沈んでしまった。燃えつきた太陽はもう二度と空に浮かばない。あなたの見たものは竜王のまどわしよ、グイン、そうにちがいない」

「そう思えればよいのだが――」

「こんなこと、聞いていているだけでむかむかするわ」

杯を押しのけて、リギアは立ちあがった。

「失礼しますわ、グイン王陛下。具合が悪いんですの。せっかくお呼び出しいただいて失礼をいたしますけれど、ごめんくださいましね」

そして一礼すると、無言で卓に目を落としているグインに背を向けて、大股に部屋を出た。

通路を駆けるように歩いていると、あらためて、怒りとも悲しみともつかない涙があふれてきた。自分の部屋に飛び込み、寝台に身を投げて枕に顔を伏せると、誰にも気をつかうことなくすすり泣いた。

「竜王め！」涙にむせびながらリギアは呟いた。

「竜王の畜生。殺してやりたい。あたしがこの手で。こんな形で、死んだあとまでもあの方を侮辱するなんて。ナリス様。ナリス様」

亡き人の名前を口にすると、新たにあつい涙がこぼれた。ナリスが死んだあとの、世界が終わってしまったような空虚感、もう二度とあの声にも姿にも触れられないのだという衝撃が、きのうのことのように蘇ってきた。

思えば幾度も佯死《ようし》の術を使い、死を装って難局を乗り越えた人ではあった。だがほんとうに、今は亡くなられたのだ。マルガのリリア湖の小島にひっそりと眠っている霊廟は、嘘や冗談で建てられたものではない。ナリスは死んだ。最後の最後に、あこがれ続けていた豹頭王グイン、その人との面会を果たして、満足して。

満足して——だろうか。そうとは思えない。古代機械の謎を解きたかっただろう。魂をひかれ続けたノスフェラスへもいきたかったろう。輝く星々の彼方、神々が行き来する世界をひと目見たかったろう。そして何より、彼がひそかに抱いていた大いなる疑問、自分がなぜ自分のようであるのか、世界の成り立ち、万物がなぜこのようであるのかという疑問に、答えがほしかっただろう。

多くのものをあきらめてナリスはパロを救うためのいくさに命をかけ、そして燃えつきて死んでいったのだ。誰にもその死を汚させはしない。ヤンダル・ゾッグであれば、なおさら、許さない。

「許さない！」

繰りかえし、リギアは枕を殴りつけた。

「許さない、許さない！　ヤンダル・ゾッグ！　よくもあの方を汚したな！」

グインの言うことだ、クリスタルにナリスを名乗る者がいたのはほんとうだろう。それが一人格を備えているように見えたのも。だがそれがどうしたというのだ。リギアにとってナリスは一人きり、そしてその人はもう墓の中に入ってしまった。ドールの黄泉への道を下っていってしまったのだ。もういない。二度とよみがえることはない。

だがそれでも——と、小さく囁く声がする。

ほんとうにナリス様だろうか。黄泉の道からもどられたのだろうか。幾度となく死の淵から帰られたのと同じように、今度もどうにかして、戻ってこられたのだろうか。

いくら否定しても、その小さな声はやまなかった。ナリスの死のあとのおそるべき空虚感を想い、ある意味、いまだにそこから脱し切れていない自分に気づいて、あの空虚さに堪えるくらいならナリスが再び地上にあらわれたと信じる方がしあわせだと思う、弱い自分にリギアは気づいていた。

そんなわけはない、竜王の操り人形などにナリス様の名は名乗らせておかない、贋者だ、そうに決まっていると自分に言いきかせても、でも、と心の底からあぶくのように望みが立ちあがってくる。

例えそうだとしても、もう一度、ナリス様に会いたい。あの声が聞きたい。リギア、と自分を呼ぶ、やさしい声に身体を預けてしまいたい。佯死の術で騙されたと知ったとき、一度はナリスのそばを離れようとしたリギアだった。結局それはついえて、またナリスのもとに戻ることになったが、あの時の全身の力が抜けてしまうような気持ちを再びリギアは味わっていた。

（ああ、ナリス様。ナリス様。亡くなられたあとでも、あなた様は私を縛っていらっし

やる）

枕に顔を深々と埋めて、リギアの想いはとつおいつ、果てしがないようだった。

あとがき

　こんにちは、五代ゆうです。

　前巻からたいへん間が空いてしまい、申しわけありません。すべて私の責任ですというか、途中でまったく文章が出てこなくなり、ああでもないこうでもないと書いては消し書いては消しししているうちにあっという間に時間が過ぎてしまいました。読んでくださっている方には本当にお詫びの言葉もありません。重ねて、本当に申しわけありませんでした。

　イシュトヴァーンがトーラスを攻めるのまでは順調に進んでいたのですが、そこから先がどのようになるのか、急に見えなくなったのです。ひょっとしたら苦闘のあとが原稿にも残っているかもしれません。もし見つけられたら、「ああ、ここかな」と思って見逃していただけると幸甚です。

トーラスは二度目の崩壊を迎えることになってしまいました。イシュトヴァーンがクリスタルで悲嘆に暮れているあいだをねらっての挙兵でしたが、残念ながら彼には通用しなかったようです。抑止力になるはずのカメロンやマルコもなく、一人で血なまぐさい戦いに邁進する彼は書いていても不安定で、あぶなっかしさ満載でしたが、これから先彼がゴーラの王としてどのように変貌していくのか私としても気になります。これまではいかに無茶をしても、カメロンが安全弁になってくれていましたが、そのカメロンをなくした彼は糸をなくした凧のようなものです。このままどんどん先へ突き進む彼が、よりいっそう血にまみれていくのか、胸の痛いところですが見守っていきたいと思います。私はイシュトヴァーンが好きなので、できれば不幸になってほしくはないのですが、彼は自分から不幸な方へ辛い方へと突っ走って行きがちなので、見ていてもああ、そんな風にしなきゃいいのにとか、そんなことしたらまた他人に恨みを買うだけなのに、とか、思ってしまいます。

そんなイシュトヴァーンを懐柔して手駒にしようとしている（？）ナリス様の意図はなんでしょうね。竜王の意志のもとにはないとのことですが、たしかに、生前からだれかの意志に従うことを頑として嫌い抜いた方ですから、それもむべなるかな。

この続篇を書き始めるときに、ナリス様を復活させようと思った時に頭にあったのは漫画『ベルセルク』のグリフィス（復活後）でしたが、彼のように、人間的なしがらみからすべて解放されたとき、ナリス様はどう動くのかということを考えてみるつもりでした。
ナリス様の行動目的はいまだにはっきりしていませんが、グインを手に入れようとしてみたり、ディモスを操ってみたり（？）イシュトヴァーンを囲い込んだり、シルヴィアを拾ったりと、さまざまに陰謀の網を繰り広げているようです。今のところ、そのつながりは見えてきていませんが、いずれは明らかになるものと思われます。

フロリーとスーティは、ひとまず落ちついたようですね。ドリアン王子という弟も迎えて、スーティはかなりごきげんです。
スカールのおいちゃんがお別れに来てちょっとさびしそうですが、今のところはフロリーといっしょで満足そうです。兄弟仲も良好なよう。リアことドリアンはまだ少し内向的なようですが、ヴァラキアの明るい港町でしばらくゆっくりと暮らせれば、しだいにその心も開いてくることでしょう（なにごともなければですが……）。

いっぽうのスカールは、ドライドン騎士団とともにクリスタルへ。クリスタルからイシュトヴァーンが動いたというニュースはまだ彼らの耳には届いていないようですが、竜頭兵と銀騎士の徘徊するクリスタルで彼らを待っているものはなんでしょうか。彼らと同行することになったヴァレリウスはどうなるでしょう。今も心を縛る〈あの方〉の桎梏は、クリスタルへ行くことでどうなるのでしょうか。

ディモスの変貌をはじめ、選帝侯たちのひそかな反抗でゆれる新帝体制のもとのケイロニアですが、疫病の影響やその後の大災厄の被害も、少しずつ収まってきたようです。特に白金の鉱脈が発見されたことは、大被害を受けたケイロニアの国庫に大きな利益をもたらしました。このあたりのお話を読み返したい方は、宵野ゆめさんの百三十八巻『ケイロンの絆』をお読みいただければと思います。発見された白金はさっそくケイロニアに大きな恵みをもたらしているようです。

しかし問題は山積み。とつぜん人格が変わったように帝位簒奪を宣言したディモスをとらえるのも問題ですし、トーラスを攻撃するイシュトヴァーンへの備えもしなければならない。グインがいるから心強いとはいえ、これまでなかった内憂に、頭の痛い日々が続いています。

帝位に就いたばかりで不慣れなオクタヴィアですが、そんな彼女もグインに頼るばかりでなく、グインに頼られるようなしっかりした皇帝になりたいと願っているようです。グインさえいれば大丈夫と、読んでいる私たちさえ思ってしまいそうですが、彼の

〈シレノスの貝殻骨〉であるシルヴィアに関しては、そうではなさそうです。

何もかも完璧なように見える彼、なんでもひとりでやってしまおうとする彼が他人に頼ることができたのはまさにシルヴィアが妊娠したとき、その事実がわかったときでしたが、そんな彼の世界がひっくり返るようなことでもなければ、人に頼ることのできないグインもまた気の毒だと言えます。彼の心の安定を願いたいところです――もっとも、「自分は誰なのか、どこから来たのか」という、根源的な問いが答えられることなしには、彼の真のやすらぎはないのかもしれませんが。

アウルス・アランとアウロラの二人、これまでは一方的にアランの方が惚れているだけでしたが、弱っているアウロラに保護欲が刺激されたのか、ついに告白。しかし……アウロラに関するあたりが確認したい方はぜひ、宵野ゆめさんの外伝二十五巻『宿命の宝冠』を読んでくだされればと思います。彼女の生まれの秘密や、白子の綺姫ティエラなどはそちらにて語られています。

自分とアランとの恋が禁じられたものであることをひとり知っているアウロラはどうするでしょうか。なにも知らないアランはアウロラをあきらめる気はありませんし、かといってアウロラがアランを受け入れることはとうていないでしょう。行き止まりのこの恋の行方は、どうなるのでしょうね。

さて、ふりかえって世間を見ると、サイロンの悪疫にも似た状態で新型コロナの嵐が世間を荒れ狂っています。読者の方々はご無事でしょうか。

私は今のところ無事で、ワクチンも三度目を受けたところですが（副反応もあまりなかった）身近で感染したという話も聞くようになり、しだいにコロナが迫ってきているのを実感として感じます。

コロナ禍も三年目の夏、第七波の中で医療崩壊を堪えながら働いてくださる医療関係者の方々には感謝しかありません。私ももしかしたらあすにはコロナにかかっているかもしれない、そう思いつつ、感染対策をがんばっていこうと思います。


今回もまた担当の阿部様、監修の八巻様には多大なご迷惑とご心配をおかけしました。ことにいつまでたっても進まない原稿を辛抱強く待ってくださった阿部様にはお礼の言葉もありません。次の巻はこんなことのないように、できるだけ早め早めにご相談して進めていきたいと思います。

イラストの丹野様も長いあいだお待たせしてしまいました。毎回美麗なイラストがとても楽しみなのですが、大きく間の空いてしまった今回も、すばらしい絵を描いてくださることを心待ちにしています。よろしくお願いいたします。

それでは次巻、『ドライドンの曙』でお会いいたしましょう。

GUIN SAGA

最後のグイン・サーガ！

ヒプノスの回廊

グイン・サーガ外伝22

（ハヤカワ文庫JA／1021）

栗本 薫

百巻達成一周年記念限定パンドラ・ボックスに収録された表題作、限定アニメDVDに収録された「前夜」、それぞれ『ハンドブック1・2・3』掲載の「悪魔大祭」「クリスタル・パレス殺人事件」「アレナ通り十番地の精霊」、そして、グイン・サーガ執筆の重要な契機となった「氷惑星の戦士」。作品集未収録作品全六篇を集成し、同シリーズの多様さを一望する、これが、オリジナル・グイン・サーガ最後の巻です。**解説＝今岡清**

早川書房

GUIN SAGA

グイン・サーガ外伝23

星降る草原

久美沙織

天狼プロダクション監修

（ハヤカワ文庫JA／1083）

草原。見渡す限りどこまでもひろがる果てしないみどりのじゅうたん。その広大な自然とともに暮らす遊牧の民、グル族。族長の娘リー・オウはアルゴス王の側室となり王子を生んだ。複雑な想いを捨てきれない彼女の兄弟たちの間に起こった不和をきっかけに、草原に不穏な陰が広がってゆく。平穏な民の暮らしにふと差した凶兆を、幼いスカールの物語とともに、人々の愛憎・葛藤をからめて描き上げたミステリアス・ロマン。

早川書房

GUIN SAGA

グイン・サーガ外伝24

リアード武俠傳奇・伝

牧野 修

天狼プロダクション監修　（ハヤカワ文庫JA／1090）

村中の人間が集まると、アルフェットゥ語りの始まりだ！　豹頭の仮面をつけたグインがゆっくりと登場する。そこはノスフェラス。セム族に伝わるリアードの伝説を演じるのは、小さな旅の一座。古くからセムに起こった出来事を語り演じるのが生業だ。しかしその日、舞台が終わると役者の一人が不吉な予感を口にして身を震わせた。それは、この世界に存在しないはずの、とある禁忌をめぐる数奇な冒険の旅への幕開けだった。

早川書房

GUIN SAGA

グイン・サーガ外伝25

宿命の宝冠

宵野ゆめ

天狼プロダクション監修

（ハヤカワ文庫ＪＡ／１１０２）

沿海州の花とも白鳥とも謳われる女王国レンティア。かの国をめざす船上には、とある密命を帯びたパロ王立学問所のタム・エンゾ、しかし彼は港に着くなり犯罪に巻き込まれてしまう。一方、かつてレンティアを出奔したが、世捨人ルカの魔道によって女王ヨオ・イロナの死を知った王女アウロラがひそかに帰還していた。そして幾多の人間の思惑を秘めて動き出した相続をめぐる陰謀は、悲惨な運命に導かれ骨肉相食む争いへと。

早川書房

GUIN SAGA

グイン・サーガ外伝26

黄金の盾

円城寺忍

天狼プロダクション監修

（ハヤカワ文庫ＪＡ／１１７７）

ケイロニア王グインの愛妾ヴァルーサ。おそるべき魔道師たちがケイロニアの都サイロンを恐怖に陥れた『七人の魔道師』事件の際、彼女はグインと出会った。王と行動をともにした〈まじない小路〉の踊り子が、のちに豹頭王の子を身ごもるに至る、その数奇なる生い立ち、そして波瀾に満ちた運命とは？　「グイン・サーガトリビュート・コンテスト」出身の新鋭が、グイン・サーガへの想いを熱く描きあげた、奇跡なす物語。

早川書房

GUIN SAGA

世界最大のファンタジイを楽しむためのデータ&ガイドブック

グイン・サーガ・ハンドブック Final

栗本 薫・天狼プロダクション監修／早川書房編集部編
（ハヤカワ文庫JA／982）

30年にわたって読者を魅了しつつ、130巻の刊行をもって予想外の最終巻を迎えた大河ロマン「グイン・サーガ」。この巨大な物語を、より理解するためのデータ&ガイドブック最終版です。キレノア大陸・キタイ・南方まで収めた折り込みカラー地図／グイン・サーガという物語が指し示すものを探究した小谷真理氏による評論「異形たちの青春」／あらゆる登場人物・用語を網羅・解説した完全版事典／1巻からの全ストーリー紹介。

早川書房

GUIN SAGA

豪華アート・ブック

加藤直之グイン・サーガ画集

（A４判変型ソフトカバー）

それは――《異形》だった！

SFアートの第一人者である加藤直之氏が、五年にわたって手がけた大河ロマン〈グイン・サーガ〉の幻想世界。加藤氏自身が詳細なコメントを付した装画・口絵全点を始め、コミック版、イメージアルバムなどのイラストを、大幅に加筆修正して収録。

早川書房

GUIN SAGA

豪華アート・ブック

末弥純 グイン・サーガ画集

（A4判ソフトカバー）

魔界の神秘、
異形の躍動！

ファンタジー・アートの第一人者である末弥純が挑んだ、世界最長の大河ロマン〈グイン・サーガ〉の物語世界。一九九七年から二〇〇二年にわたって描かれた〈グイン・サーガ〉に関するすべてのイラスト、カラー七七点、モノクロ二八〇点を収録した豪華幻想画集。

早川書房

GUIN SAGA

豪華アート・ブック

丹野忍グイン・サーガ画集

（A4判変型ソフトカバー）

集え！
華麗なる幻想の宴に——

大人気ファンタジイ・アーティストである丹野忍氏が、世界最大の幻想ロマン〈グイン・サーガ〉の壮大な物語世界を、七年にわたって丹念に描きつづけた、その華麗にして偉大なる画業の一大集成。そして丹野氏は、〈グイン・サーガ〉の最後の絵師となった……

早川書房

GUIN SAGA

アニメ原作として読むグイン・サーガ

グイン・サーガ〔新装版〕I〜VIII

栗本 薫

（新書判並製）

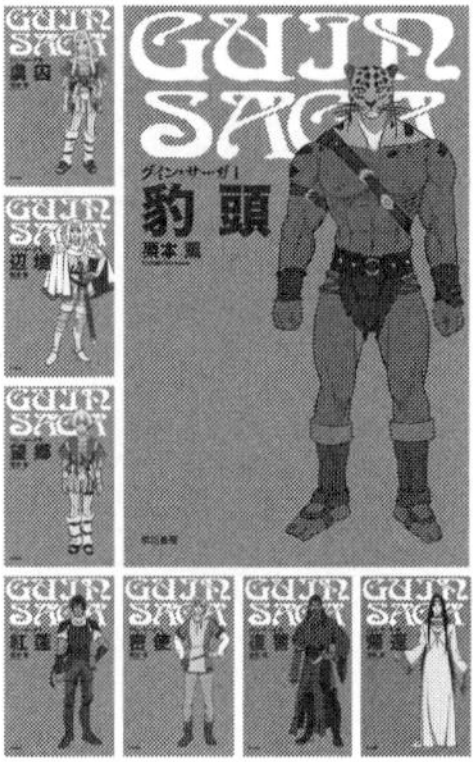

〝それは――《異形》であった〟。衝撃の冒頭から三十余年、常に読者を魅了してやまない豹頭の戦士グインの壮大な物語、アニメ原作16巻分、大河ロマンの開幕を告げる『豹頭の仮面』から、パロの奇跡の再興を描く『パロへの帰還』までを新装して8巻にまとめました。全巻書き下ろしあとがき付。

早川書房

著者略歴　1970年生まれ，作家　著書『アバタールチューナーⅠ～Ⅴ』『〈骨牌使い〉の鏡』『永訣の波濤』『流浪の皇女』『水晶宮の影』『雲雀とイリス』『闇中の星』（以上早川書房刊）『はじまりの骨の物語』『ゴールドベルク変奏曲』など。

HM=Hayakawa Mystery
SF=Science Fiction
JA=Japanese Author
NV=Novel
NF=Nonfiction
FT=Fantasy

グイン・サーガ⑭⑧

トーラスの炎《ほのお》

〈JA1536〉

二〇二二年十一月十日　印刷
二〇二二年十一月十五日　発行
（定価はカバーに表示してあります）

著者　五《ご》代《だい》ゆう
監修者　天《てん》狼《ろう》プロダクション
発行者　早川浩
発行所　株式会社早川書房
郵便番号　一〇一 - 〇〇四六
東京都千代田区神田多町二ノ二
電話　〇三 - 三二五二 - 三一一一
振替　〇〇一六〇 - 三 - 四七七九九
https://www.hayakawa-online.co.jp

乱丁・落丁本は小社制作部宛お送り下さい。送料小社負担にてお取りかえいたします。

印刷・株式会社亨有堂印刷所　製本・大口製本印刷株式会社
©2022 Yu Godai / Tenro Production
Printed and bound in Japan
ISBN978-4-15-031536-8 C0193

本書のコピー、スキャン、デジタル化等の無断複製は著作権法上の例外を除き禁じられています。